내가 너라도
그랬을 거야

내가 너라도 그랬을 거야

1판 1쇄 발행 2019. 3. 5.
1판 9쇄 발행 2024. 3. 8.

지은이 김나윤

발행인 박강휘
편집 최은희, 김민경, 길은수 디자인 지은혜

발행처 김영사
등록 1979년 5월 17일(제406-2003-036호)
주소 경기도 파주시 문발로 197(문발동) 우편번호 10881
전화 마케팅부 031)955-3100, 편집부 031)955-3200 | 팩스 031)955-3111

값은 뒤표지에 있습니다.
ISBN 978-89-349-9488-6 03800

홈페이지 www.gimmyoung.com   블로그 blog.naver.com/gybook
인스타그램 instagram.com/gimmyoung   이메일 bestbook@gimmyoung.com

좋은 독자가 좋은 책을 만듭니다.
김영사는 독자 여러분의 의견에 항상 귀 기울이고 있습니다.

내가 너라도
그랬을 거야

김 나 윤 ─────

김영사

목차

1
마음
읽어 주기

네 아이의 엄마이자
한 사람으로 이렇게

난 사람을 참 좋아한다. 그리고 웃고 떠드는 것도 좋아한다. 음악을 좋아하고 영화를 좋아하고 여행을 좋아한다. 하지만 내 마음대로 아무것도 할 수 없던 어린 시절이 있었다.

나는 무엇이든 내 맘대로 할 수 있는 어른이 되기를 애타게 기다렸다. 무엇을 하든지 허락이 필요하고 가기 싫은 학교를 꾸역꾸역 다녀야만 했다.

한참을 기다려 어른이 되었지만, 어른이 되고 나서도 내 마음대로 할 수 있는 것이 많지 않다는 사실을 알게 되었다.

군이 겪지 않았으면 좋았을 일들을 젊은 시절에 겪어야 했고, 그 과정에서 새로운 나로 거듭나는 고행을 여러 번 겪었다. 굴곡의 시간들이 나를 만들어 나갔다. 사람들을 만나고 남들이 가지 않은 길을 기웃거리다 늪에 빠지기도 하고, 더딘 여정을 돌아돌아 겨우 집을 찾아오기도 했다. 참다 터져 나온 눈물로 세수하고, 있지도 않은 자신감으로 화장을 하고 외출을 하면서 다른 사람이 되어 하루하루를 근근이 살아가고 있었다.

조금씩 깨닫는 삶의 지혜들을 모아 난 다른 삶을 결심했고, 결혼이란 걸 했다.
하나, 둘 아이들이 태어나고 셋째가 태어나자 하늘로 날아오르지 못하는 선녀가 되었다.
그래도 내가 걸어온 시간들이 나를 만들어 나가고, 그것이 내가 다른 누군가를 만들어 내는 바탕이 된다는 것을 알았다.
아이들을 키우면서 난 온갖 실수투성이였고, 깨달아야 할 삶의 지혜들은 곳곳에 숨어 있었다.
난 서둘러 그것들을 주워 담았지만 충분치 않았다.
다음 날 또 그 다음날에도 늘 내가 부족하다 느끼게 하는 것은 바로 아이들이었다.

준비되지 않은 채로 첫째 아들 이수를 키우며 얼마나 많은 시행착오를 겪어 왔는지 모르겠다. 나의 허물을 적나라하게 바라보고 또 다친 마음을 서로 위로하며 우리는 함께 커나갔다. 둘째 우태와 셋째 유담이와 함께하면서 난 더 많은 에너지를 아이들을 위해 쏟아부었다.

아이들을 키우다 보니 부모의 역할이란 것이 얼마나 중요한지를 새삼 느끼게 되어 부모가 없는 아이들에게 시선을 돌렸다. 우태와 유담이 사이에 유정이를 입양하기에 이르렀지만, 뒤에 일어날 수많은 일들에 대해선 전혀 예상할 수 없었다.

엄청난 폭풍우를 신께서는 미리 알려주시지 않으셨다. 거듭되는 절망이 올 때마다 나의 슬픔을 위한 자리는 마련되어 있지 않았다.

혼란의 시간을 버티어나가다 이 또한 삶이 나에게 조금씩 살아가는 방법을 가르치고 있는 것이라는 사실을 눈치챘다. 비록 예기치 않은 비가 뿌릴지라도 곧 무지개가 뜰 거라고 믿었다. 아이들을 대할 때의 나의 경솔함을 깨닫고 더 많은 걸 배울 필요가 있을 때까지 난 나를 바라보기 시작했다.

이제 안다.

내가 되어가는 시간은 살아가면서 만나게 되는 모든 것들에 의해 완성되어진다는 것을……

사람은 어릴 때만이 아니라 어른이 된 지금도 그리고 죽는 그 순간까지 계속해서 시간에 의해 빚어지고 서로를 바꾸어가는 존재가 아닌가.

나의 아이들은 이런 나를 엄마라 부르며 내가 알고 있는 세상을 같이 바라보며 오늘도 이야기 나누고 있다.

가끔 아이들에게 묻혀 내가 가고 싶은 곳을 가지 못한다고 느낄 때에는 혼자 사는 사람들이 부럽기도 하다.

나의 지나간 꿈들이 불쑥불쑥 마음속에서 올라오기도 한다. 하지만 이제 아이들 넷을 키우면서 문득 이런 생각이 든다. '지구를 한 바퀴를

도는 것보다 사람 하나를 키워내는 것이 더 중요한 일이야. 난 잠시 다른 값진 일을 하고 있을 뿐, 늦은 건 아니야'라고 말이다.

난 이 책을 쓰면서 아이들과 이렇게 살아가는 내 모습에 지나온 나의 어린 시절과 겪어왔던 시간들에 대한 이야기를 함께 넣고 싶었다. 그런 시간들이 없다면 공감이 가지 않는 공허한 울림이 되어버릴지도 모른다는 생각이 들었기 때문이다.

가끔 누군가로부터 '대단하다', '어떻게 아이들을 그렇게 키우세요?'라는 질문을 듣는다. 아직도 나는 나 자신이 엄마로서 잘하고 있는 건지 늘 의문이 가득하고 늘 고민하고 있다. 어쩌면 큰 아이 이수의 방송 출연으로 인해 내가 어떤 특별하고 대단한 방법을 알고 있어서 아이들을 그렇게 키울 수 있다고 생각하시는 분들이 있는 것 같다. 그렇지만 아이들을 키우는 데 나도 다른 부모들과 크게 다르지 않다고 생각한다. 오히려 이수의 전시회나 북콘서트 같은 행사들을 진행하고 참가하면서 멀리서 아이들 손을 잡고 그런 행사들에 참석해주시는 부모님들이 나보다 더 대단하다고 느껴질 때가 많다.

이 책을 통해 방송에서는 전할 수 없었던 나와 아이들이 살아온 이야기를 하고자 한다. 그 이야기들이 어떤 점에서는 참 특이하고 남다르다 생각할 수 있는 것들도 있겠지만, 대부분의 일들이 조금만 달리 생각하면 어떤 가정에서도 있을 수 있는 일들이고 오히려 비슷한 상황에서 더 잘해 나가고 있는 분들도 있다고 생각한다. 그리고 아이들과 함께하는 이야기뿐 아니라 내가 살아오며 겪었던 일들과 느꼈던 점들 그리고 앞으로 살아가며 추구하고 지켜나가고자 하는 여러 가지 가치들에 대한 이야기를 담고 싶었다.

같은 시대를 함께 살아가는 우리는 다른 부분도 있지만 서로 닮은 부분이 아주 많다고 생각한다. 우리가 서로를 믿고 아끼고 배려하는 마음을 나눈다면 그리고 우리의 아이들에게도 그런 부모의 마음을 전할 수 있다면 우리가 살아가는 세상이 조금 더 따뜻해지고 더 살아갈 맛이 나는 곳으로 변할 수 있으리라 믿는다.

이 책을 통해 '나는 이렇게 살아간다'라는 이야기를 전하지만, 책을 읽는 '당신도 이렇게 살아야 한다'라고 이야기하고 싶은 것은 아니다. 내가 살아온 이야기들과 아이들과 함께 살아가는 이야기에는 당신이 공감할 수 있는 부분들도 있을 것이고 생각지 못한 부분들도, 전혀 동의할 수 없는 것들도 있을 것이다.

나는 다만 내가 전하는 이야기들 중에 당신이 공감할 수 있는 부분들이 조금이나마 있기를 바랄 뿐이다.

나는 작은 용기를 내어 아이들을 낳고 또 아이를 데려와 이렇게 살아간다는 나의 이야기를 전한다. 책을 읽으시는 분들도 작은 용기를 내어 아이에게 서로에게 조금 더 진심으로 다가갈 수 있기를 바란다. 그리고 아직 아이를 가지지 않으신 분들도, 결혼을 미루고 계시는 분들도 조그만 용기를 내어 약간의 굴곡이 있겠지만 보다 값진 삶을 살아갈 수 있기를 바란다.

책이 나오기까지 곁에서 늘 함께해준 남편과 아이들, 김영사 최은희
부장님과 고세규 사장님께 감사의 말씀을 드리고 싶다.

2019년 제주에서

김 나 윤

1

마음
읽어 주기

마음
읽어 주기

어른이 되면 누구나 잊어버린다.
자신도 어린애였다는 사실을.

어렸을 때 내가 원했던 말…….
'엄마라도 너처럼 했을 거야. 짜증이 날 만해.'
'너의 마음이 그걸 원하고 있구나.'
'엄마가 늘 네 옆에 있어.'
'넌 잘 해낼 거야. 용기를 내! 참 잘했어.'

어른이 되어 아이를 대할 때마다 습관처럼 머리에 떠올리려고 노력한
것은,
'내가 저 아이라면 지금 마음이 어떨까?'
'어떤 마음으로 얘기하는 걸까?'

'어떤 말을 듣길 원할까?'

긍정적인 의도를 먼저 생각해주고 공감하려고 애쓴다.

막내 유담이가 오빠 우태와 싸우고 왔을 때

"오빠랑 놀고 싶었는데 마음대로 되지 않았나 보네. 그럴 때 이렇게 얘기하는 건 어떨까?"

"오빠, 내가 가위바위보에 졌다고 이런 말을 하는 건 아니지만, 이번에는 지는 사람이 먼저 하는 건 어때? 하고 부드럽게 말해 봐. 그럼 오빠도 좋다고 할지도 몰라."

유담이에게 이렇게 말하고 돌아서서 우태에게는 이렇게 얘기한다.

"유담이한테 잘 가르쳐 주려고 했을 뿐인데 네 말을 잘 못 알아들어서 속상했지? 엄마라도 속이 터졌을 것 같아. 그래도 그 정도로 잘 참아내다니 대단하다!"

아이들에게 '싸우지 마라, 하지 마라'라는 말보다는 그렇게 되기까지 자기 마음이 어땠는지를 들여다보게 하고 대화로 풀다 보면 어느새 싸움은 끝나고 마음도 평온을 찾게 되는 것 같다. 나도 누군가로 인해 화가 나고 속상할 때에 다른 누군가가 가까이 와서 같이 화내주고 마음을 알아주기만 해도 속이 다 풀리고, 더 나아가 '내가 못되서 그런가' 하며 자기반성도 하게 된다. 심지어 그 사람의 마음이 이해되고, 미안해하는 마음으로 마무리되는 일들이 많다.

아이들도 어른들과 다르지 않다.

사람의 마음이란 것은 다 똑같다. 따뜻함을 느낄 줄 알고, 서늘한 공기를 감지하며, 예쁜 것을 보면 미소 짓고, 아름다움에 경이로워하며, 악한 행동에 반감을 가지며, 눈살을 찌푸린다.

아이들은 자신의 감정을 어른보다 잘 표출하는 성향이 있어 그 마음을 부모님이 공감해주면 사랑이 더 커질 뿐만 아니라 화도 쌓이지 않는다. 아이들의 화도 그대로 내버려 둔다면 습관이 된다고 생각한다. 그 아이들의 마음을 조금만 더 바라볼 수 있도록 노력해야겠다고 다짐한다.

"욕심내지 마."

"싸우지 마."

"해결책을 찾아."

"어질러 놓은 것은 정리해."

"인사를 똑바로 해."

"소리 지르지 말고, 조용히 해."

어른들도 제대로 못하는 것들이다. 나름 성숙하다고 자부하는 어른들도 못하는 이 어려운 것들을 아이들에게 강요하고 싶지는 않다. 시간이 지나면 말하지 않아도 차츰차츰 알게 되는 것들을 굳이 윽박지르며 가르쳐야 할까? 어른이라는 이유로, 엄마라는 이유로 옳은 말을 해야 한다는 강박을 버리고, 아이들의 눈높이에서 아이들의 마음을 좀 더 들여다보는 노력을 해야 한다. 마치 처음부터 어른이었던 것처럼 아이들에게 가르치고 싶지 않다.

책 읽어 주는
여자

나는 책 읽어 주는 여자다.

괜찮은 책을 선정해서 아이들에게 읽어 주고 각자의 생각을 나눈다. 책은 아이들의 나이에 걸맞은 유아, 어린이류로 분류하여 선택하기도 하겠지만 나는 그 외에도 수필이나 소설, 철학, 자서전까지 아이들과 함께 읽기를 원한다.

각자 이해할 수 있는 수준까지 이해할 터이고, 또 이해하고 싶은 수준까지 질문할 것이다.

다양한 책을 읽어 주면서 아이들 표정을 살펴보면 생각보다 눈을 반짝이며 집중도 잘하고, 나름대로 알아듣는다고 고개를 끄덕이기도 한다. 아이들은 내가 생각한 것보다 더 많은 것들을 이해할 수 있고, 시간이 지나고 나서 한참 뒤에도 잊지않고, 그 글들을 기억하며 이해하는 순간이 온다는 것을 알게 되었다. 그래서 나는 이해를 하든 못하든 많은 책을 읽어 준다.

난 아이들이 책을 읽지 못해서 읽어 주는 것이 아니다.

글을 읽을 수 있는 이수, 우태도 나의 목소리로 듣는 이야기를 재미있어하고 좋아한다.

아이들이 스무 살이 훌쩍 넘는 어른이 될 때까지도, 그 후 결혼을 하고 가정을 꾸려서 가끔 나를 찾아와 함께 시간을 보낼 때에도 나는 아이들에게 책을 읽어 줄 것이다.

나의 목소리로…… 편안한 엄마의 목소리로…….

같은 내용을 읽어도 느끼고 생각하는 게 다 다르므로 각자의 생각을 얘기할 때는 참으로 재미있다. 웃기도 하고 울기도 하며 반성도 하고, 꿈도 꾼다.

《세상에서 가장 가난한 대통령 무히카》란 책을 읽어 주고 있을 때의 일이다.

이수는 "엄마! 이 대통령은 눈이 참 착해."

우태는 "엄마! 나도 텃밭을 가꿀 거야. 그리고 가족회의에 그대로 입은 옷으로 참석할래. 옷이 중요한 건 아니잖아."

유담이는 "엄마! 나 아픈 강아지가 있으면 데리고 올래."

하하하~ 재미난 아이들, 이런 아이들과 함께하는 시간들이 참 신나고 행복하다.

내가 책을 읽어 주는 여자가 되기 전에 책을 읽어 주는 남자가 있었다.

지금도 남편은 아이들이 자고 난 후 나에게 책을 읽어 준다. 도서관에 가서 빌린 책들을 읽어 보고 참 좋았던 책들이 있으면 함께하길 권한다. 난 어린아이처럼 귀를 쫑긋 세우고 남편의 목소리로 그 글길 속을 따라간다. 그러다 문득 드는 생각이 있으면, 토론으로 이어져 두세 시간동안 재미있는 시간을 갖기도 한다.

책 이야기는 언제나 재미있다. 이야기를 주고받다 보면 시간이 금방 자정을 넘겨 새벽이다. 나는 이 시간이 제일 좋다. 아이들은 천사처럼 자고 있고, 하루 일을 끝내고 편안한 방에 앉아 차를 한 잔 손에 들고 남편이 읽어 주는 책 속에 들어가 있을 때 하루의 시름을 조금이나마 잊을 수 있기 때문이다.

치카치카

아직 육아에 대한 공부가 부족할 때 난 너무 많은 실수들을 저질렀다. 어떻게 하는 것이 바른 육아인지 갈피를 잡지 못하고 그러다 보니 나보다 아이를 몇 개월이라도 더 먼저 키운 육아 선배들이 있으면 그게 맞는 것처럼 여기고 따라했다.

이수가 첫아이였기 때문에 유독 시행착오가 많았다. 그래서 항상 이수에게 미안하다.

아이 하나를 키운다는 것이 그때는 왜 그렇게 힘이 들었을까? 그때의 내 벅찬 마음을 지금 생각해보아도 갑갑해져온다. 지금 넷을 키우는 것에 비하면 한 아이를 키우는 것쯤 아무것도 아닐 텐데 난 그때 육아 나이가 어렸고, 모르는 만큼 벅차했던 것 같다.

이수가 말도 잘 못하는 세 살 때 있었던, 어처구니없는 실수는 이렇다. 이수는 양치질을 할 때마다 싫다고 떼를 썼다. 난 그때마다 실랑이를 벌여야 했는데, 그게 나에게는 큰 고민이었다. 주위 엄마들이 모일 때면 귀를 활짝 열어 놓고 정말 열심히 들었다.

그때 가장 귀에 쏙쏙 들어오던 말 중 하나는 아이를 키울 때 절대 엄마가 지면 안 된다고 명심하라는 것이었다. 한번 지기 시작하면 계속 져야 하고 아이가 해달라는 대로 다 해주면서 힘들게 살아가야 한다고. 무조건 엄마가 이겨야 아이를 잘 키울 수 있다고 말이다.

그날 밤에도 이수는 양치질 때문에 힘거워했다.

"이수야, 얼른 치카치카 하자. 다른 건 몰라도 치카치카는 무조건 하는 거야."

이수는 하기 싫어서 입도 안 벌리려고 하고, 울기 시작했다.

난 그날 각오했다. 오늘만큼은 확실히 해두자고 말이다.

"이수야, 치카치카를 하기 싫다고 안 하면 이가 다 상해버려서 나중에 더 아픈 치과 치료를 받아야 해. 병원에서 얼마나 큰 주사를 놓는 줄 알아?"

"으앙~!!!"

어떤 말로도 설득이 되지 않았다. 나는 생각에 잠겼다.

동네 엄마들이 했던 그 말이 머릿속에 스쳐 지나갔다.

엄마는 이겨야 한다고. 한번 지면 영원히 지는 거라고.

그래서 나는 이수에게

"이수야! 엄마는 네가 무조건 치카치카를 해야 한다는 생각에 변함이 없으니까 다 울고 나서 치카치카를 할 마음이 생기면 엄마를 불러. 엄마는 저 방에 있을 거야. 네가 치카치카를 하지 않는다면 아무리 울어도 엄마는 나오지 않을 거야."

이수를 소파에 앉히고, 바로 옆에 있는 작은 방으로 들어가 문을 살짝 열어 틈으로 아이를 계속 지켜보았다.

이수는 "엄마~ 엄마~!" 하고 한참을 울어 댔다. 마음이 찢어지게 아팠지만 달래주지 않았다.

'절대 나가면 안 돼. 난 엄마니까 이겨야 해.'

이수는 울음을 멈추지 않았다.

'이수야! 제발 치카치카 한다고 말해 줘. 이제 그만 울어.'

문 앞에 서서 나가지도 못하고 발만 동동 구르며 이수를 바라보고 있으려니 애가 탔다.

그러나 내가 먼저 나갈 수가 없었다. 그러면 나는 지는 거고, 앞으로 계속 지는 엄마가 되어야 하니까.

이수는 한참을 울다 지쳐 내가 있는 방문을 바라보며 "엄마~" 하고 또 울다가 그치기를 몇 번이나 반복했다. 내 마음은 저려오기 시작했다. '이수를 혼자 저렇게 두는 게 맞는 건가. 내가 없어졌다고 생각하고 울고 있는 거면 어떡하지. 내가 지금 잘하고 있는 건가?'

오만 가지 생각이 다 들었다. 오랜 시간 동안 문 하나를 두고 우리는 싸우고 있었다.

도저히 안 되겠다 싶어 내가 먼저 방문을 열었다. 절대 굴복하는 게 아니라는 어투로, "치카치카 할 거야?"라고 말을 건넸다.

이수는 조용히 고개를 끄덕였다. 나는 무거웠던 마음을 쓸어내리며 이수를 안아주었다. 그리고 속으로 생각했다. '내가 이겼다. 한 고개를 넘었구나' 하고.

양치질을 하는 동안에 이수는 내내 울었고, 물로 입속을 깨끗이 헹구고 나서야 울음을 그쳤다.

그렇게 지나가나 했는데, 며칠이 흐르고 난 이 모든 게 잘못되었다는 사실을 알게 되었다.

부엌에서 설거지를 하고 있는데, 이수가 바닥에 떨어져 있는 치약을 보고 잘되지 않는 발음으로 이렇게 말했다. "매애워. 매애워."

난 그 말을 듣고, 한참을 생각했다. 정말 많은 생각들이 엄습했다.

이를 닦으려면 깨끗하게 닦아야 한다는 생각으로 어린이용 치약을 쓰지 않고, 일반 치약으로 닦아주었다. 어린이용 치약은 과일향이 첨가되어 달기만 하고, 말끔히 안 닦일 것 같다는 짧은 생각으로 그랬던 것이다. 참 어리석었다.

이수는 지금까지 그 치약의 맛이 매웠던 것이다. 말도 못하고, 계속 참고 있었던 것이다.

얼마나 하기 싫었을까? 엄마가 양치질을 싫어하게 만들어놓고, 안 한다고 그렇게 기 싸움을 했다. 심지어 아이를 오랜 시간 동안 울게 내버려 두고, 협박하고, 기어이 이겼다고 다행이라 생각하는 어리석은 행동을 했으니 참으로 부끄러웠다. 그렇게 긴 시간 동안 이수가 참아왔다는 게 가슴이 쩡하고, 정말 미안했다. 울음으로밖에 표현이 안 되는 어린아이는 온몸으로 표현을 했는데도 내가 못 알아들은 것이다.

'엄마는 아기가 울면 뭐라고 하는지 한 번에 다 알아차린다는 말은 누가 했던가?'

난 하나도 못 알아듣는 완전 초보 엄마였다.

'이수가 매워서 그랬구나.'

내가 이날을 잊지 못하는 이유는 참으로 창피하기 때문이다. 그리고 이수에게 너무 많이 미안하다. 난 그날 참 많이도 반성하고, 엄마로서 공부를 열심히 하겠다고 다짐했다.

그리고 다른 사람의 말을 듣지 않기로 했다. 내가 가지고 있는 생각을 솔직하게 아이와 나누고, 어떤 정답을 찾기보다는 서로의 마음을 한번 만 더 읽어 보자고 마음속으로 약속했다.

아이를 잘 키우게 하는 것은 결국 사랑이라는 나름의 결론을 얻었기 때문이다.

'아이에게 어떻게 하는 것이 사랑으로 키우는 거지? 사랑 하나만 생각 하면서 어떻게 키우지?'

혼자 꼬리에 꼬리를 무는 생각의 끝에서 이런 마음을 만났다.

'나윤아, 네가 어렸을 때 간절히 바라던 게 뭐지?'

'내가 일어설 때까지 믿고, 지켜봐주는 것. 기다려주고, 내 마음을 알아 주는 것.'

뜨거운 한숨이 나왔다. 그리고 다시 다짐했다. 아이를 키우면서 절대 윽박지르거나 강요하지 말자고. 예전에 저질렀던 실수투성이 양육은 이제 그만하자고 스스로 다짐했다. 그날 정말 깊은 반성을 했고, 그것 이 계기가 되어 다음 날부터는 매 순간 노력하며 아이를 마주했다. 그 날 이후로 말을 뱉기 전에 한 번 더 생각해보는 계기가 되었고, 그만큼 실수는 줄어들었다. 어떻게 그걸 알 수 있냐고? 적어도 이수가 울고 떼쓰는 날이 확실히 줄었기 때문이다. 어른뿐만 아니라 아이에게도 싫고 좋음이 분명히 있다. 얼마나 귀를 기울이고, 아이의 입장에서 생각하는지에 따라 아이의 성격이, 나아가 성향이 바뀐다.

어렸을 때 간절히 바라던 게 뭐지?
'내가 일어설 때까지 믿고, 지켜봐주는 것. 기다려주고, 내 마음을 알아주는 것.'

양육의
온도차

난 남편과 참으로 많이 싸워야 했다. 그래도 신혼 때는 의견 차이가 있는 정도였지 싸움이라고 부를 만큼은 아니었다. 첫아이를 낳자 본격적인 싸움이 시작되었다.

하지만 이 '싸움'이 나쁜 것만은 아니다. 아니, 꼭 필요하다고 생각한다. 내가 생각하는 싸움은, 각자 생각의 경계를 확인하는 일이다. 특히나 아이를 키우는 일은 서로의 생각이 같은지, 다른지 아이를 낳아서 키워봐야 알 수 있는 일이다.

연애 때부터 신혼 초까지 양육에 대한 이야기를 자주 나누었는데, 막상 아이가 태어나자 서로의 입장이 또 달라졌다.

"내가 아이 엄마한테 잘하면 엄마가 행복하고, 그 행복한 엄마가 아이를 키우면 아이도 행복해지고 바르게 잘 자랄 거야. 난 그렇게 생각해."

결혼 전의 남편은 이렇게 말했다. 내 마음에 쏙 드는 말이었다.

"우와! 참 좋다. 난 아이를 많이 낳을 거야. 이런 남편이 있으니 문제없어."

아이를 임신하는 과정이 얼마나 힘들고, 낳는 고통은 또 얼마나 크며, 낳아서 닥쳐오는 고난이 얼마나 큰지 상상도 못했던 어린 나는 쉽게도 말했고, 남편도 당연히 그럴 것이라고 받아주었다. 우리는 세상에서 제일 좋은 엄마, 아빠가 될 것이고, 별 어려움 없이 많은 아이들을 건사하고, 행복하게 살 거라고 꿈꿨었다.

그러나 막상 첫아이, 이수가 세상에 나오자 모든 게 새로운 시작이었다. 내게만 잘하겠던 남편이 하루 종일 나만 보면 잔소리를 해대기 시작했다.

"젖을 물리는 건 아무 때나 운다고 물리는 게 아니라 시간을 정해놓고 먹여야 해" 또 새벽에 몇 번씩 꼭 일어나서 젖을 물리며 졸고 있는 나를 보고, "그렇게 하다가 목 디스크가 올지도 몰라. 무슨 방도를 생각해봐야 해"라며 내민 의견이 "울더라도 젖을 안 먹이면 그냥 자지 않을까?"라니……. 너무 많이 안아주면 습관이 된다는 소리를 어디서 듣고 와서 안는 횟수조차도 간섭하는, 그야말로 남편과의 힘든 육아 갈등 기간이었다.

그렇게 우리는 치열하게 싸워야 했다. 내가 진지하게 이야기했다.

"아이를 키우는 일이 우리 둘 다 처음이어서 누가 옳고 그른가는 중요하지 않은 것 같아. 그저 사랑으로 키우자. 아껴주자, 아이의 마음에 마음이 닿도록. 내가 아는 것은 그게 다야."

10년이 지난 지금도 나의 육아는 단 하나다. 서로의 마음이 통하면 그 어떤 것에도 정답은 없지 않은가. 이수에게 많은 실수를 하면서 키웠지만 내 진짜 마음, 엄마의 마음을 아이가 알고 느끼니까 잘못된 것은 아니라고 생각한다.

몇 년을 그렇게 우리 부부가 싸우는 속에서 이수는 자랐고, 우리도 함께 자랐다.

남편은 이수가 말을 하게 될 즈음 내게 이야기했다.

"내가 그땐 왜 그랬나 모르겠어. 역시 공대 출신이다 보니까 눈앞의 문제를 해결하려는 머리만 발달한 것 같아."

그때부터 남편은 조금씩 달라지려고 노력하는 모습이 보였다. 하지만 이수의 핀잔을 가끔 듣는다.

"아빠! 그렇게 무언가를 해결하려고 말을 많이 하지 마. 그냥 한마디만 하면 돼. 내가 너라도 그럴 것 같다고."

기다려야 크는
아이들

이수가 여섯 살 때, 그보다 한 살 많은 일곱 살 된 조카가 놀러 온 적이
있다.

언니가 얼마나 공부를 많이 시켰는지 학습지부터 학원까지 하루가 무
척 바빠 보이는 조카는 이수에게 자기가 알고 있는 것을 내보이고 싶
었는지 질문을 해대기 시작했다.

질문을 받고 답하는 이수는 무척 진지했다.

이수의 답은 매우 성실했지만, 모조리 정답이 아니었다.

하지만 이수는 자기가 생각하는 답이 맞다고 확신했다.

조카는 이렇게 물었다.

"자~ 문제 낸다. 옛날에 최초로 알에서 태어난 아이는? 이름을 얘기해
야 된다. 알겠제?"

"음……."

한참을 생각하더니 이수가 말했다.

"공룡?"

조카는 부리나케 화를 내었다.

"뭐라카노? 니 장난하나?"

이수는 무척 당황한 듯 보였지만 곧 진지하게 말했다.

"나 장난 아닌데, 그럼 닭인가?"

"뭐!! 박혁거세잖아. 그것도 모르나?"

"박~ 뭐라고? 그건 무슨 동물이야?"

"뭐? 엄마~! 이수는 하나도 모른다. 아는 게 없다."

뛰어가는 조카의 뒤통수를 한참 쳐다보던 이수는 고개를 갸우뚱거렸다.

어릴 적에 어떤 추억을 가졌는가로 그 아이가 어른이 되었을 때의 인생이 결정된다고 나는 생각한다. 자유롭게 뛰어놀며 그려온 꿈, 진흙 냄새, 함께 지내던 사랑스런 친구들과 하루하루 일어나는 많은 이야기들 속에 느끼고 배우는 숨은 보물들은 아이를 성장시키고 나아가게 한다. 어렸을 때 지금의 이수처럼 나도 학교가 자유로웠다면, 억압이나 규칙, 경쟁과 억지가 없었다면, 지금 다른 인생을 살고 있었을 것이다. 매일매일 새로운 일들로 놀라고, 궁금한 게 너무 많아서 그냥 덤벼도 보고 하루가 바쁘게 일상의 기쁨을 만끽하느라 내 삶의 백지를 온갖 색깔들로 맘껏 휘갈겼을 것이다.

부모는 아이가 태어나면 아무것도 모르는 이 아이가 낯설고 위험천만한 세상에서 살아남아야 하고, 그 누구보다 잘 살고, 사회에 잘 적응해야 한다며 제대로 열어본 적도 없고 손때도 묻지 않은 아이의 새하얀 스케치북에 부모 마음대로 이것저것 그려 넣기 시작한다.

아이는 커 가면서 자신만의 도화지에 얼마든지 재미있고 개성 넘치는 그림을 그릴 수 있을 터인데 부모의 때 이른 걱정과 기대로 아이의 인생 그림이 부모에 의해 대신 그려지기 시작한다.

아이들은 선택할 수 있어야 하고, 또 놀면서 배우며 실패와 성공을 거듭하다가 자기만의 삶을 즐길 줄 알아야 한다. 그렇게 자연스럽게 커 갈 수 있도록 우리는 지켜보고, 기다려야 한다고 생각한다.

사람들은 우리집 아이들이 모르는 게 많다고 한다. 예의도 모르고, 보통의 아이들보다 국어, 수학, 영어 실력이 부족하다고 말이다. 그러나 그런 지식은 서서히 채워질 것이고, 지금 아이들 머리와 마음에서 자라는 창의적인 생각과 에너지는 나중에 채워질 지식을 더욱 풍성하게 해줄 것이라 믿는다. 그래서 나는 아이들의 그림을 내버려 두려 한다.

내가 생각하는
공부

내가 아이들에게 정말로 가르치고 싶은 것은 스스로 공부하는 기쁨을 발견하는 것이다.

내가 학생 시절 내내 했던 공부는 국어, 수학, 사회 같은 과목의 책들을 펼쳐놓고, 책상머리에 앉아 연습장에 연필로 수없이 끄적이며 외우고, 지겹도록 풀며 그 시간들을 버티는 일이었다.
그렇게 공부가 뭔지 정확히 알지도 못하면서 공부란 걸 해왔다.
중학교 때인가, 문득 '도대체 공부가 뭐지?' 하고 궁금한 생각이 들어 선생님께 여쭤 보았다.
"쓸데없는 소리 하지 말고 공부나 해!"
난 아직도 그 질문에 대한 답을 듣지 못했다. 하지만 누구도 가르쳐 주지 않을 것 같아 더 이상 묻지도 않았다.
만약 그때 공부가 뭔지 시원하게 답해주는 사람이 있었더라면, 난 내게 주어진 많은 시간들을 또 다르게 살아왔을 것이라고 확신한다. 난 하고 싶은 게 많았고, 그것들을 모조리 단련시키고 싶은 마음 또한 컸다. 그러나 그 많은 호기심들을 꾹 눌러 삼키고, 오로지 학교에서 시키는 공부만 할 수밖에 없었다.

학생이 공부를 잘해야만 눈여겨보고 예뻐해주는 선생님들 속에서 친구들과 경쟁하며 누구와 진정한 친구가 될 수 있었을까? 난 학교가 싫었다. 매일 똑같은 패턴으로 생활하는 교실이 싫었고, 공부를 못하면 매를 맞거나 벌을 서고 차별하는 선생님이 싫었다. 아침마다 무거운 눈을 뜨고 무거운 가방에 무거운 마음까지 짊어지고 한 발 한 발 내딛던 학교 가는 길이 무척이나 멀었다.

내 아이들만큼은 '학교'라는 이름을 좋아했으면 좋겠다. 떠올리면 가슴 저리도록 그리운 추억의 향기가 느껴지고, 따뜻한 마음이 스멀스멀 올라오는 기억이었으면 좋겠다.

나는 교과서 공부에만 전념했지만, 나의 아이들은 그러지 않길 바란다. 스스로 무언가에 호기심을 갖고, 점점 알고 싶어져 찾아보거나, 하고 싶어 하는 것들을 하나씩 시도했으면 좋겠다. 그래서 공부할 때 너무 즐거워서 참을 수가 없는 진정한 재미를 느끼기를 바란다. 그것이 가장 중요하다고 생각한다.

내가 생각하는 공부는 마음과 몸의 단련이다.

책을 보고 지식을 쌓는 것도, 영어나 수학을 익히는 것도 우리 몸의 일부인 뇌의 기능을 단련하는 과정이고, 운동을 하는 것도 또한 공부라 생각한다.

아이들이 자라면서 재미있고 즐거워서 반복적으로 하거나 더 깊이 파헤쳐나갈 때에 단련되어가는 과정이 공부이고, 그 목표는 그 과정에서 비로소 보이게 될 것이다.

요즘 아이들은 목표가 있으면 그 목표를 향해 앞만 보고 간다. 그래서 즐거움은 사라지고 괴로움이 더해가는 것 같다.

텃밭에 씨를 뿌리고 가꾸며 참 많은 것을 경험하게 된다. 물을 주면서 맡게 되는 흙냄새와 그 안에서 생명이 움트는 걸 보면서 신기해하고, 그 옆을 지나가는 개미와 벌레들을 구경하며 세상에 우리만 살고 있는 게 아니라는 것도 깨닫는다. 자연이 주는 즐거움이 생겨난다. 오롯이 열매만 맺겠다는 목표로 씨를 뿌려야 한다면 그 즐거움은 어디에 있을까? 내 삶의 과정 그 자체가 목표가 되어야 모든 것이 즐거울 수 있다고 생각한다.

훗날 선생님이 되고 대통령이 되는 것보다 어떤 교사가 되고 어떤 대통령이 되는 지에 집중해야 한다. 결과만이 아니라 그 과정이 공부가 되고 그것이 삶의 목표가 되는 것이 중요하다고 생각한다.

그래서 아이들의 삶의 목표는 어떤 '것'(thing)이 아니라 '함'(doing)이 되었으면 좋겠다.

어떤 분야든 제각기 자기 공부를 찾아 그것을 단련해 나간다면 그 과정에서 삶의 보람을 느끼고 훌륭한 인격체로 성장하고 인정받을 것이다. 그런 다양한 가치가 존중받는 사회가 만들어지면 좋겠다.

오롯이 열매만 맺겠다는 목표로 씨를 뿌려야 한다면 그 즐거움은 어디에 있을까?
내 삶의 과정 그 자체가 목표가 되어야 모든 것이 즐거울 수 있다고 생각한다.

한글,
언제 배우지?

이수가 여섯 살 때 어린이집 친구들이 집에 놀러 온 적이 있다. 엄마들
은 엄마들대로 아이들은 아이들대로 모여 앉아 서로 바쁘게 이야기를
하느라 무척 소란스러웠다. 엄마들은 너나없이 한글을 뗐는지에 대한
화제를 나누느라 바빴다. 모두들 한글뿐 아니라 셈까지도 가르치고 있
다는 것이다. 이수는 쓸 줄도, 읽을 줄도 몰랐기 때문에 난 할 얘기가
없었다.

이수 친구들을 대접하기 위해 쿠키도 내어놓고, 과일을 깎는 등 간식
준비로 분주하게 왔다 갔다 하는데, 아이들의 오고가는 말 중에 내 귀
에 팍 꽂히는 말이 있었다.

"이수는 'ㄱ'도 몰라. 책도 못 읽어!"

혹시나 하고 이수를 바라보니 다행히 이수는 아무렇지 않은 얼굴이었다.
엄마들은 영어유치원, 병설유치원에 보내기 위해 한글도 영어도 지금
시작해야 입학해서 뒤쳐지지 않는다며, 아무것도 가르치지 않는 나를

보고 '용감한 건지, 무관심한 건지' 하는 의심스런 눈빛을 보내왔다.

하지만 나는 너무 이르다고 생각했다. 알고 싶을 때 배우는 것이 가장 빠르고 효과적이며 잘 잊히지 않을 것 같았다. 무언가를 배우고 지식을 쌓아가는 것은 서두를 필요는 없다고 생각했다. 엄마들이 돌아가고 나서 이수에게 물어보았다.

"이수야! 아까 친구들이 너 한글도 모른다고 얘기할 때 어떤 기분이었어?"

"나 모르는 거 맞는데?"

'아이들은 어른들과 조금 다른 걸까?'

친구들이 놀린다고 인식하지 않고, 있는 그대로 사실이라고 받아들이는 것을 보고 잠시 생각을 하게 되었다.

'나라면 못하는 것이 있다고 놀리는구나 생각해서 기분이 나쁠 것 같은데…….' 이수를 보고 모르는 것을 부끄러워한다는 것이 진짜 부끄러운 것일 수도 있겠다는 생각이 들었다.

이수에게 다시 물어보았다.

"이수야, 넌 한글이 배우고 싶지 않아?"

"응! 아직 안 배우고 싶어. 난 좀 더 놀고 싶어."

"하하하! 그럼 네가 배우고 싶을 때 말해 줄래? 그때 엄마가 널 열심히 도와줄게."

정작 이수는 아무렇지도 않은데 나 혼자 심각해져서 여러 가지 생각을 하고 있었다는 것을 깨닫게 되었다. 그 후로, 나도 부족한 부분에 대해 인정을 하는 것이 아무렇지 않은 사실을 이야기하는 것이라고 느끼게 되었고, 부끄러워하거나 숨기고 싶은 마음이 사라졌다.

레미콘

이수가 다섯 살 때인가…….

저녁 해가 저물어갈 때쯤 가까운 공원 벤치에 앉아 시원한 바람을 맞으며 책을 읽고 있었다. 요리조리 뛰었다, 앉았다 공놀이를 하며 내 앞을 지키던 이수가 두리번거리며 뭔가를 쫓아가다 멈추었다.

조금 있으려니 이수가 달려와, "엄마, 엄마!" 하고 불렀다.

다급하게 부르는 이수를 바라보며 나도 "웅?" 하고 대답을 하기 무섭게 "저게 뭐야? 빨리 빨리! 엄마, 가 버린다. 저게 뭐야?"라고 물었다.

하하! 이수 눈에는 뭔가가 돌아가고 있는 커다란 차가 신기했나 보다.

그건 레미콘 트럭이었다.

"이수야, 저건 레미콘이야."

"레미콘? 근데 저게 뭐야? 돌아가는 거 있잖아."

"아~ 저 안에 시멘트를 싣고 가는 거야."

"근데 왜 돌아가는 거야?"

"시멘트가 굳지 말라고 돌아가는 거야."

잠시 말없이 레미콘이 사라질 때까지 지켜보던 이수의 뒷모습은 참으로 작아 보였다.
읽던 책을 이어 보려고 다시 책을 펼치는데 갑자기 이수가 입을 열었다.

"엄마 ! 그러면 지구도 사람이 굳지 말라고 돌아가는 거야?"

난 그날 참 많은 생각을 했다.
'사람이 굳지 말라고'라는 말을 듣고, 어마어마한 속뜻이 머릿속에 스쳐 지나갔다.
우리 둘은 손을 꼭 잡고, 집으로 돌아가는 내내 시멘트에 대한 이야기, 지구별 이야기, 자동차 이야기까지 쉬지 않고 이어가며 시끌시끌한 수다에 한바탕 웃음꽃을 피웠다.
내겐 많은 의미가 내포되어 있는, 그런 재미있는 생각들을 많이 할 수 있게 해준 이수가 참 고맙다.

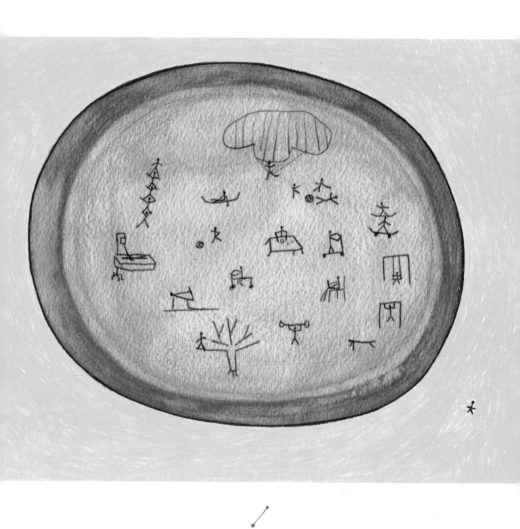

"엄마 ! 그러면 지구도 사람이 굳지 말라고 돌아가는 거야?"

어린이집을
다니기 시작하며

♪

이수가 처음으로 어린이집에 갔을 때였다. 아이가 참 신통하게도 즐겁게 먼저 가고 싶다는 얘기를 꺼내서 보내게 되었다.

그런데 두 달째 되던 날 갑자기 이수가 다가와 말했다.

"엄마, 나 이제 그만 다닐래."

"왜? 뭐가 안 좋아?"

"아니…… 그냥."

"그럼 다른 곳 알아볼까?"

"어, 나 다른 곳에 갈래!"

그래서 다른 어린이집으로 가게 되었다.

그런데, 또 두 달째 되던 날,

"엄마, 나 그만 다닐래."

"왜? 뭐가 안 맞는 게 있어?"

"아니…… 그냥."

그렇게 다섯 군데 어린이집을 옮겨 다니면서 1년이 지나가고 있었다. 마지막으로 보낸 어린이집은 너무나 친절한 선생님에 반해 내가 거기로 가자고 설득했던 곳이다.

참 이상하게도 한 달이 지나고부터 이수는 말이 없어지고 집에 돌아오고 나서 방문을 닫고 소리를 지르며 화를 내는 일이 많아졌다. 영문을 몰라 물어보면 대답을 하지 않고 울기만 할 때도 있고, 어린이집 선생님께 이수의 행동에 대해 물어보면 '유아 사춘기를 겪고 있는 것일 수도 있다'라고 하셔서 그냥 지켜봐야 하나 걱정만 하고 있었다.

두 달째 되는 날, 가슴을 졸이며 이수를 지켜보았다.

아니나 다를까, 이수를 데리고 집으로 돌아와 현관 앞에 서서 문을 열려는 그 순간 이수가 내 손을 잡더니 "엄마" 하고 부르는 것이다.

"나 이제 그만 다닐래."

우리는 이수가 좋아하는 매실차를 마시며 조용히 얘기를 나누었다. 이수는 어릴 때부터 차 마시는 것을 참 좋아했다.

"괜찮아. 뭐든 말해도 돼! 무슨 일이 있었는지 엄마는 알고 싶어. 무슨 일이 있었던 거야? 엄마가 알아야 너를 도와줄 수 있어."

이수가 어렵게 입을 열어 했던 말은 나를 경악시켰고, 그날을 난 잊지 못한다.

"엄마 사실은…… 사실은…… 얼마 전에 내 친구 동준이를 선생님이 손으로 세게 얼굴을 때려서 창문 쪽으로 날아갔어. 그리고 나는 화장실에서 똥 싸고 휴지가 없어서 선생님을 계속 불렀는데 선생님이 왔다가 그냥 가서 점심시간까지 변기에 계속 앉아 있었어. 근데 선생님한 테 말하면 안 돼. 엄마!"

가슴 깊이 차오르는 분노를 표현할 길이 없었다. 가슴이 마구 저려왔 다. 잘못된 나의 선택으로 인해서 아이가 겪지 말아야 할 일들을 겪게 됐고 그로 인해 지울 수 없는 상처가 생긴 것이다.

난 그길로 어린이집을 찾아가 선생님께 자초지종을 물었다. 선생님은 평소와 같이 굉장히 반갑게 맞아주셨고, 여느 날과 마찬가지로 웃고 계셨다.

내 이야기를 끝까지 들으시더니 참으로 뜻밖에도 선생님은 이렇게 말 했다.

"이수가 거짓말을 하고 있네요. CCTV라도 달아놓고 싶은 심정이에 요."

'우리 이수가 거짓말을 하고 있다고? 내가 아는 이수는, 굳이 말하지 않아도 되는 지나간 일에 대해서도 일부러 미안하다고 말하는 아이인 데…… 이게 무슨 말인가?' 머릿속이 하얘졌다.

정말 이수가 거짓말을 하는 거라면 선생님께 한 말들이 크게 잘못하는 것이니 나는 말을 아끼고 돌아 나와 남편이 회사에서 돌아올 때까지 기다리기로 했다.

"이수가 거짓말을 하는 걸까?"

이수 아빠는 나의 얘길 들더니 "우리가 이수를 제일 잘 아는데 이수가 거짓말을 하는 것 같진 않아"라고 말했다. 이수에게 다시 물어보고 어 린이집에서의 일들을 가서 이야기해보자고 했다. 그 후로 난 여러 차례 어린이집을 가게 되었고, 몇몇 아이들이 폭행을 당한 사례를 더 접하면서 선생님이 거짓말을 하고 있었다는 결론을 얻게 되었다. 그 일로 이수 아빠와 내가 알게 된 사실이 있다. 어른들이 바라보는 좋은 조건의 어린이집이나 선생님이, 아이들에게도 좋으리라는 것은 어른들의 착각이라는 것이다.

내가 보기에 제일 좋을 거라 생각했던 그곳이 이수에게 오래 잊히지 않는 두 달 동안의 상처가 된 곳이다. 난 사람도, 어린이집도 잘 볼 줄 모르는 어리석은 사람이 된 것이다. 그때의 그 시간을 떠올리면 지금도 아이에게 많이 미안하고 마음이 아파온다.

그 후로 이수는 집에 있게 되었다.

마음의
상처

매일 아침 눈을 뜨면 살며시 이수 눈치를 살피고, 아무 소리도 내지 않으려 애쓰면서 아주 조용히 일어나 밖으로 나온다.

조용히 나왔다고 해도 안심할 수 없다. 곧장 부엌으로 가서 물을 마시고 아침 준비를 하려는 순간이면 어김없이 자지러지게 울어대는 이수 소리가 들린다.

난 부리나케 아이를 부르며 뛰어가서 안아주고 진정될 때까지 등을 쓸어주며 괜찮다고 말해 주었다.

"엄마가 옆에 있어. 괜찮아, 괜찮아, 봐, 진짜 괜찮지? 진짜 괜찮아⋯⋯."

아침에 눈을 떴을 때 곁에 내가 없으면 바로 손과 발을 바닥에 치며 유난히도 많이 울었던 이수가 나에겐 가장 어려운 숙제였다.

마지막 어린이집 사건 이후 이렇게 무려 2년 동안 무한 반복된 악몽같은 아침 풍경이었다.

난 매일 아침이 두려웠다.

밤만 되면 아침에 맞아야 하는 그 시간을 잘 넘기게 해달라고 기도하고 또 기도했다.

하지만 그 다음날이 되면 어김없이 이수는 울었고, 난 똑같이 그렇게 이수를 토닥토닥 안아주었다. 언젠가는 그러지 않는 날이 오리라 믿으며 말이다.

이수는 두 달간의 어린이집 생활로 인해 받았던 충격을 이렇게 토해내었다. 나도 아무도 모르게 혼자 많이 울었다.

두 달간 받은 마음의 상처에 새살이 돋기까지 무려 2년이라는 시간이 우리 가족 모두에게 필요했다.

사람의 마음이라는 것은 이렇게 몸이 아픈 것보다도 낫는 시간이 더 많이 필요한 것 같았다. 어린아이의 마음일수록 말이다.

난 한숨이 늘어났고, 세상이 어둡게 보이기 시작했다. 이수에게만큼은 밝은 엄마이고 장난기 많은 엄마로 보이려고 노력했지만 나 혼자 있을 때는 누구보다 어둡고 웃음을 잃어버린 피에로 같았다. 난 마음이 많이 아팠고, 눈물이 자주 났다.

그렇게 시간이 흐르고 이윽고 이수가 좋아졌을 때 내 마음에도 한 줄기 빛이 보였다.

어느 날 "엄마" 하고 부르는 이수가 왠지 다른 아이처럼 느껴졌다.
어느 순간에 말이다.

갑자기 다 커버린 자식처럼 내게 말을 건네왔다.

"엄마, 미안해"라고 말하는 이수에게 나는 바로 대답해주었다.

"괜찮아. 내가 너라도 그랬을 거야"라고.

오랜 동안 눈물을 흘리고 있는 이수의 눈빛은 많은 이야기를 내게 해주고 있었다.

그동안 아이 앞에서는 꾹 참아왔던 울음이 갑자기 터져 나왔지만 참지 않았다. 우리는 서로의 마음에서 흘러나오는 그 눈물의 의미에 대해 서로 고개만 끄덕이며 아무 말 없이 나누고 있었다.

그렇게 우리는 서로를 보듬어주었다.

공동육아를
시작하다

이수가 어린이집을 그만두고 1년쯤 지났을 때, 대안학교 선생님으로 일하고 있는 어릴 적 이웃집 오빠에게서 안부 전화가 왔다.

그 오빠와 이수에 관한 다양한 이야기를 나누다가 어린이집 고민을 털어놨고, 공동육아에 대해 알아보라는 권유를 받았다. 그 다음날부터 공동육아에 관련된 서적들을 여러 권 주문하고, 차분히 한 권씩 읽어 보았다.

그런데 책을 읽다 보니 공동육아 교육에서는 아이들이 반말을 하게 내버려 둔다는 말에 의문이 생겼다.

책을 아무리 읽어도 석연치가 않아서, 오빠에게 다시 전화를 걸었다.

"오빠, 왜 반말을 하도록 가르치는 거야? 이해가 안 돼."

"반말을 하도록 가르치는 게 아니라, 존댓말을 존중심을 가지고 할 수 있을 때까지 세뇌시키지 않고, 기다려주는 거야. 그리고 수직관계가 아닌 수평관계에서 시작하면 아이들은 감정표현을 꺼리지 않고, 서슴없이 얘기해서 나눌 수 있게 돼."

오빠 말을 듣고 보니 일리가 있는 것 같았다.

'그럴 수 있겠구나. 그래서 이수도 그렇게 속에 있는 얘기를 하지 못하고, 한참 동안 앓다가 겨우 말을 꺼낸 걸까?'

그 이후 마음을 굳게 먹고, 공동육아를 본격적으로 알아보기 시작했다. 집에서 조금 가깝다는 곳을 알아보고 전화를 걸어 찾아갔다. 가깝다고는 해도 직접 차를 운전해서 30분 정도를 가야 하는 곳이었다. 면담을 하고 아이를 받아들일지 말지를 결정한다고 했다.

그러나 참 이상했다. 내가 찾아간 공동육아 어린이집은 전부 출자금을 내고, 부모가 이사장이 되고, 선생님이 부모의 지시에 따르는 형태였다. 이해하기 어려웠다.

또 오빠에게 연락해서 물었다.

"난 잘 모르겠어. 어찌해야 할지."

"그래? 공동육아가 다 그렇지는 않아."

"어쨌든 난 이런 거 싫어. 공동육아도 아닌가 봐."

난 다시 이수를 집에 두기로 결정했다.

다시 몇 개월이 지난 뒤 우연찮게 마을모임에 갔다가 먹거리 강연을 하시는 아주머니 한 분을 만나게 되었다. 아이들 이야기가 나와서 우리 가족이 경험한 어린이집과 공동육아에 대한 얘기를 살짝 비추었는데 마침 괜찮은 공동육아 어린이집에 한 자리가 남아 있는 것으로 알고 있다며 전화번호를 알려주셨다.

다음 날 반신반의하는 마음으로 직접 찾아가 보았다. 겉으로 보기에 소규모의 공간에 원생 수가 적은 곳이었다. 그곳의 선생님은 다른 곳과 확연히 다르게 새로운 사람인 내가 들어가도 과한 인사를 하지 않았다. 나지막한 목소리로 "안녕하세요" 하고 자기 일로 돌아가 편안하게 일을 보았다. 내가 지금까지 가본 어린이집 선생님들은 한결같이 "안녕하세요, 어머니~!" 하고 얼마나 친절한지 세상에서 가장 자상한 선생님으로 생각할 수밖에 없게 만들었다.

이곳에서 들은 특징을 요약하면 여기는 공동육아 어린이집이고, 선생님을 별칭으로 부르며 반말을 하든 존댓말을 하든 어릴 때는 중요하지 않다고 했다. 아이들이 서슴없이 선생님에게도 감정표현을 할 수 있고, 시간이 지나면 존댓말도 서서히 하게 된다고 했다.

이수가 한번 다녀보고 싶다고 해서 그날부터 공동육아 어린이집에 다니게 되었고, 나도 공동육아에 대한 정보와 육아공부를 새로이 다지는 날이기도 했다.

하지만 고비의 시간인 두 달 되는 날이 다가오는 게 겁이 났다. 하지만 내 걱정과 달리 아무렇지 않게 2개월, 3개월 차에 접어들었고 내가 먼저 이수에게 물어 보았다.

"이수야, 이 어린이집은 맘에 들어?"

"응, 맘에 들어."

"뭐가 제일 맘에 들어?"

"선생님을 선생님이라고 부르지 않는 게 맘에 들어."

그렇게 이수는 어린이집을 다니게 되었다.

그리고 나는 이수에게 이렇게 얘기했다.

"이수야! 우리에겐 시간이 많아. 앞으로 너의 생각과 몸 그리고 마음까지 커 가는 과정을 엄마는 급하게 생각하지 않고 기다려줄 거야."

난 그때부터 이수가 자연스럽게 배워가는 것들에 대해서 기다려주고 있다. 당장 가르치지 않는다고 뭐라고 해도 난 아이들이 상처받지 않고, 자연스럽게 커 가기를 소망한다. 누구보다 바르고 착한 아이로 커 갈 거라는 것을 믿기 때문에 걱정하지 않기 때문이다.

반말과
존댓말

첫째 이수와 둘째 우태는 존댓말을 쓰지 않는다. 가족들에게는 물론 할머니, 할아버지, 아저씨, 아주머니, 이모, 삼촌 할 것 없이 다 반말이다. 우리나라는 예의를 중요시 여겨 기본적으로 윗사람에게 존댓말을 써야하는 문화이다 보니 지나가던 어른들은 "네! 해야지, 요를 붙여야지" 하고 가르치는 분들도 있고, "떽! 이놈!" 하고 혼내시는 분들도 계신다. 그럴 때는 내가 나서 놀란 아이들을 뒤로 하고 설명해 드린다. 일부러 아이들에게 존댓말을 가르치지 않는 게 아니라 개인적인 일이 있었고, 아이들에게 시간을 주고 기다리고 있으니 조금만 더 자라면 잘 가르치겠다고.

그렇다, 처음에는 우리 부부도 존댓말을 가르쳤다. 이수가 맏이이고, 나도 초보 엄마라 아이가 반말을 하면 다른 엄마들과 다를 바 없이 "요! 붙여서 말해야지"라고 바로 시정해 주었다. 그런데 이수가 반말을 사용해도 지적하지 않고 기다리는 계기가 된 앞의 사건들이 있었다.

지금도 이수는 누가 오든지 죄다 반말이다.

예전 같으면, 나는 속으로 '아이고 또 한소리 듣겠구나. 어른한테 누가 반말을 그렇게 해대느냐고. 애들을 어떻게 가르치길래…… 쯧쯧' 하고 걱정했을 것이다.

이제는 욕이야 한번 듣고 말지 뭐. 중요한 건 다른 사람의 시선이 아니라고 생각을 바꾸었다.

존댓말은 시간이 지나면 서서히 하게 될 것인데 당장 자기감정을 표현하지 못하고 다른 사람들이 어떻게 생각할까를 더 염려한다면, 아이들이 나와 똑같이 눈치를 보거나 솔직하지 못한 사람으로 자랄 것 같았다.

몇 달 전 아침에 화장실을 갔다가 나오는데 이수가 현관문을 열고 누구와 얘기를 나누고 있었다.

난 속으로 '누구하고 저렇게 얘길 나누고 있는 거지? 이수가 아는 친구가 왔나? 그럼 들어왔을 텐데, 누구지?' 하며 난 나대로 식사 준비를 했다.

상대방의 말소리는 들리지 않고 이수의 목소리만 들렸다. "응, 그래" 또 조금 있다가 "알았어" 하더니 마지막엔 "안녕히 가세요" 하고 문을 닫았다.

난 끝인사에 놀라 나갔다. 눈을 동그랗게 뜨고 "이수야, 도대체 누구와 얘길 한 거야?"라고 물었다.

"응, 나도 몰라. 잠깐 나갔다가 들어오려는데 어떤 아주머니 한 분이 말을 걸어와서 얘기했어. 뭐 찾고 있었나봐."

난 돌아서서 그분이 이수를 이상한 아이라고 생각할까 봐 걱정부터 되었다.

그래도 한편으로는 이수가 서서히 존댓말을 하기 시작했다는 것이 새롭고 크게 와닿았다.

"안녕히 가세요"라는 말이 마음에 계속 메아리로 남는다.

나도
태워 줘

우리는 종종 아이들과 집 근처로 산책을 나가곤 한다.

아이들은 나들이를 참 좋아하고 엄마, 아빠와 함께해서 행복하다고 말한다. 모두가 좋아하는 이 시간을 많이 가지기 위해 난 일부러도 시간을 내서 나가려고 한다.

"우리 나들이 갈까?"

아이들은 신이 나서 "와!! 나들이다!!" 한다.

처음에는 신나서 뛰어가던 아이들이 조금 걷다 보니 걸음이 느려지고, 어린 우태는 다리가 짧은 탓에 내 손에 붙들려 한걸음에 붕 날기까지 한다.

그렇게 몇 걸음 더 걷더니 우태가 아빠를 올려다보며 말한다.

"아빠 나 목마 태워 줘~!"

아빠가 가던 걸음을 멈추고 쭈그려 앉아 우태를 번쩍 들어 어깨 위로

올렸다. 아빠 얼굴을 부여잡고 어깨에 다리를 올려 턱 하니 자리를 잡았다.

그때, 이수도 "나도! 나도!" 한다.

그런데 갑자기 날이 좀 흐려지나 싶더니 빗방울이 하나둘씩 떨어지기 시작했다.

"우리 이제 집으로 돌아가야겠다."

그러나 이수는 아직도 목마를 타지 못한 아쉬움에 아빠를 애타게 부르며 소리를 지르기 시작했다.

"나도! 나도! 나도 태워 줘~!!"

"이수야, 너는 이제 무거워져서 아빠가 힘들어. 우태도 겨우 태우는 거야. 이것 봐, 아빠 얼굴에 땀나는 거!"

그때 이수가 고개를 떨구고 아빠의 뒷모습을 멍하니 바라보며 한마디 뱉었다.

"비겠지……."

남편도 나도 이수의 말에 대답을 할 수가 없었다. 그렇게 이수는 기어이 아빠 어깨에 올라 목마를 타고야 말았다.

비가 점점 많이 내려서 우리는 급하게 집으로 뛰어 들어와야 했다.

남편은 이수를 태우고 빠른 걸음으로, 결국 뛰기까지 했다.

그날 나는 분명히 보았다. 아무리 어른처럼 의젓하고 동생들을 잘 돌보는 이수지만, 형과 맏이이기 전에 부모의 품이 그리운 어린아이라는 것을. 그리고 부모는 아무리 힘들어도 우리 아이들이 어느 정도 자랄 때까지는 굳건하게 자리를 지켜, 푸르른 나무처럼 그늘이 되고, 울타리가 되어주어야 한다는 것을. 그저 함께 뛰었을 뿐인데 내 어깨도 따라 무겁다.

호기심이
나쁜 건가요

돈가스 식당에 갔을 때의 일이다.

아이들이 좋아하는 돈가스 전문 식당이어서 오는 손님들이 대체로 아이들을 동반한 가족들이 많았다. 그 식당은 특이하게도 모든 선반에 부엉이 인형과 부엉이 모양 장식품들이 올려져 있었다. 하나같이 아이들을 유혹할 만한 인형들이어서 아이들의 눈이 휘둥그레졌다.

우리 집 아이들 역시 식당에 들어가자마자 앉기는 고사하고 내내 시계며 열쇠고리며 여러 가지 신기한 부엉이 모양의 물건들을 하나하나 들여다보고 자연스럽게 손을 올려 만져보는 것이다.

막내 유담이가 부엉이 열쇠고리를 들고 쳐다보고 있는데, 주인 아주머니가 갑자기 큰 소리로,

"만지면 안 돼!"

나는 깜짝 놀라 연신 몸을 굽혀 "죄송합니다, 죄송합니다" 하고 사과를

했다.

아이 넷을 데리고 식당에 한번 가기가 쉬운 일이 아니다.

들어가서 나올 때까지 눈치를 보고, 내내 마음이 불편했다.

어린 동생들은 만져서 혼나고 왔지만, 좀 컸다는 이수는 만지고 싶어
도 눈치를 보며 참고 있었다.

"엄마, 왜 어른들이 만질 때는 아무 말 안 하고 어린이가 만지면 뭐라
고 할까?"

"그건…… 아이들이 만지다가 떨어뜨리고, 깨서 다칠까 봐 그런 거야."

"그럼 높은 곳에다가 올려놓으면 되잖아."

"……."

한참을 쳐다보다가 이수가 와서 내 귀에다 대고 이렇게 얘기했다.

"엄마, 나 저 작은 부엉이 얼굴 한 번만 만져보고 싶은데 혼나겠지. 근
데 느낌이 어떨지 너무 궁금해."

나는 이수 귀에다 대고 이렇게 얘기했다.

"각오는 됐니?"

"응, 나 각오 됐어."

이수는 그 부엉이를 가만히 관찰하더니 손가락으로 조심스레 콧잔등
을 쓸어내렸다. 나는 모르는 척 고개를 돌렸다.

그 순간 뒤에서 주인 아주머니가 소리쳤다.

"만지지 말랬지!"

아주머니의 성난 목소리에 나도 모르게 눈을 지그시 감고 자라목처럼

목이 쑤욱 테이블 쪽으로 기어들어 갔다.

"죄송합니다."

이수는 이렇게 말하고는 나를 바라보며 유유히 걸어오면서 아무렇지 않은 듯 자리에 앉았다.

"엄마! 매우 차가워도 엄청 부드러울 줄 알았는데 생각보다 거칠었어."

다른 사람에게 해가 되지 않는다면, 바깥세상에 나왔을 때 아이들의 반짝이는 눈에 들어오는 호기심들을 어른들이 싫어한다는 이유로 싹 뚝 무시하고 싶지 않다.

아직 어떤 잘못도 저지르지 않았는데 아이라는 이유만으로 못 하게 하는 게 많은 것 같다.

나쁜 행위가 아니면 조금은 이해해 주었으면 하는 바람으로 나도 이런 공동범죄를 저지르고 있다.

믿음의
눈

유담이에게 책을 읽어 주는데 참 와닿는 이야기가 있었다.

"도끼를 잃어버린 한 나무꾼의 이야기야. 어느 날 산에 가려고 도끼를 찾는데 도끼는 보이질 않았어. 아무리 찾아도 없어서 누군가가 훔쳐갔나 하고 생각했지. 그러고 보니 엊그제 아무런 이유 없이 집 앞을 기웃거리다가 간 그 사람이 가져간 것은 아닐까 의심했어.

그래서 그날부터 그와 마주칠 때마다 유심히 쳐다보고 관찰해보았지. 가만히 보니 보통 때와 걸음걸이도 달라 보이고, 내 눈을 못 마주치고 고개를 약간 숙이고 걷지 뭐야.

나무꾼은 그가 나무 아래 앉아 있는 것을 보고 살금살금 그의 곁에 앉아서 그를 바라보았어. 근심 걱정에 잠겨 있는 얼굴이었지.

나무꾼은 속으로 생각했어. '이제 확실히 알겠다. 도끼를 훔쳐간 도둑은 바로 이 사람이야.'

며칠 뒤, 나무꾼은 다른 집에서 도끼를 빌려 산에 나무를 하러 갔어.

산이 쩡쩡 울리도록 한창 도끼질을 하고 있는데……. 풀숲 저 편에 낯익은 물건이 보이는 거야. 그것은 바로 잃어버린 줄 알았던 도끼였어. 산에서 나무를 하다가 정신없이 그냥 두고 내려왔나 보다.

'이런, 내가 아무 잘못도 없는 사람을 의심했었구나.'

나무꾼은 미안한 마음이 들었어. 집으로 돌아오는 길에 나무꾼은 그 사람을 바라보았지. 그런데 의심이 풀린 눈으로 보니 도끼를 훔칠 사람으로 보이지 않는 거야. 얼굴빛도 걸음걸이도 예전 그대로 편안해 보였어.

'내 눈에 뭐가 씌었나? 어쩜 저렇게 달라 보이지?'

나무꾼은 고개를 갸웃거리며 집으로 돌아갔습니다! 끝."

"그 사람이 달라 보인 것은 나무꾼이 의심의 눈으로 그 사람을 바라봤기 때문이야. 마음먹기에 따라서 같은 사람도 이렇게 달라 보이다니, 마음의 눈이 얼마나 중요한지 알겠지, 유담아?"

"엄마, 나도 전에 오빠를 의심한 적이 있었어. 그때는 내가 숨겨놓은 젤리를 오빠가 다 가져갔다고 생각했더니 나쁘게 보이고 미웠어. 그런데 오빠가 그런 게 아니더라고. 우리 강아지 토토가 물고 갔던 거야. 오빠한테 미안해. 계속 짜증을 냈거든. 세상에서 오빠처럼 좋은 오빠 없어."

"오빠가 진짜 가져갔다면 그런 말을 못했겠지?"

우리는 함께 하하호호 웃었다.

그림 가족

제주도로 오기 전에, 나는 아이 셋을 막 낳은 산모였다.

집에서 셋째 유담이에게 젖을 물리고 있다가 문득 이런 생각이 들었다.

'난 밥하고 빨래하고 청소하고 또 아기 키우며 하루 종일 집에만 갇혀 있네. 남편이 오면 겨우 말 몇 마디 하는 게 다구나. 참 쓸쓸하다.'

그래서 그날 저녁에 남편이 퇴근하고 들어왔을 때, 내 마음을 이야기 했다.

"내가 집에서 아이들을 키우고 집안일하면서, 할 수 있는 일이 과연 뭐가 있을까?"

남편은 내게 물었다.

"나윤아, 네가 제일 잘하는 일이 뭐야?"

"제일 잘하는 일?"

"응, 남들은 어려운데 너는 쉬운 일! 하고 싶다고, 좋아한다고 무턱대고 하는 게 직업이 되어선 안 돼. 내가 좋아하는 일은 취미로 놓아두고,

내가 남들보다 쉽게 하는 일을 직업으로 삼으면 되는 거야. 취미가 일이 되어버리면 노동이 되니까. 좋아하는 일을 잃어버릴 수도 있잖아."

듣고 보니 그런 것 같았다. 내가 좋아하는 일이 아니라 내가 남보다 쉽게 할 수 있는 일이 뭘까를 며칠 동안 고민해 보았다.

아무래도 미술교육을 전공한 그 시간들이 나에겐 남들보다 쉽게 할 수 있는 단련이 되지 않았을까 생각이 들었다. 그리고 내가 찾은 진로를 남편에게 들려주었다.

"난 남들보다 그림을 조금 더 빨리, 잘 그리는데 그것으로 무슨 직업을 찾을 수 있을까?"

"그럼 천천히 하나씩 그려 봐. 동화를 써보는 건 어때? 충분히 혼자서 할 수 있는 일이고, 아이들을 키우고 집안일도 하면서, 시간도 자유롭게 쓸 수 있을 것 같아. 우선 처음 하는 일이니까 우리나라 전래동화들을 너의 그림체로 바꾸어서 외국에다가 알리는 거야. 어때?"

역시 문제 해결 능력이 뛰어난 남편의 답이다.

"와! 그거 좋은 생각이다. 근데 어떻게 알릴 수 있는데?"

"우선 작업을 해보고 완성이 되면 생각해보자."

회사 일을 하느라 바쁘고 힘들 텐데도 나의 고민을 함께하고 또 좋은 아이디어를 내주어서 나에게 희망을 품게 하는 남편이 참으로 고마웠다.

그래서 나도 더욱 밥도 맛있게 해주려고 애쓰고, 평소에 집안일도 많이 도와주는 남편이지만, 집에 돌아오면 쉴 수 있게 웬만하면 신경 안 쓰이게 내가 먼저 다 해놓고, 아이들이 찾거나 울거나 하면 내가 먼저 달려가 아이들을 보살폈다. 그 사이사이에 그림들을 그려서 남편이 오면 책 이야기 하는 것에 즐거움을 얻곤 했다.

내가 그리는 그림들을 모아 남편은 스캔하고, 편집도 도맡아 해서 작업이 빨리 진행되었다. 한 권의 책이 될 만한 분량이 되었을 때 우리는 전자책을 만들기로 했다.

퇴근 후 남편은 컴퓨터를 붙들고, 오만 가지 연구를 하기 시작했다. 읽어 주는 책을 만들어 보기도 하고, 내가 그린 그림들을 움직이게 해 보겠다고 끙끙거리며 밤을 새우더니 아침에 눈떠보면 "나윤아, 해냈다. 팔이 움직인다! 으하하하!" 하며 어린아이처럼 좋아했다.

그 다음날은 "나윤아, 풍선이 떠다닌다. 으하하하~!"

또 그 다음날은 "손으로 눌러 봐. 발자국이 나타날 거야. 으하하하."

이렇게 남편은 책 만드는 일이 재미있다며 밤늦게 자는 일이 많아졌다. 또 사업자등록증을 만들어야 책을 낼 수 있다는 말을 듣고, 아기를 등에 업고 꿈에 부풀어 돌아다닌 일도 기억이 난다.

난 그렇게 남편의 도움으로 작게나마 일을 시작하게 되었고, 그것이 원동력이 되어 아이들만 데리고 제주도로 이주를 해오고 나서도 혼자서 작업을 하며 아이들을 키워나갈 수 있었다.

남편 없이 혼자 이 많은 일들을 해 나간다는 게 쉬운 일은 아니었다. 새로운 사람들을 만나고 새로운 곳을 다녀야 했지만, 난 아이들과 늘 함께했기에 해낼 수 있었다.

 그러던 어느 날, 이수가 내게 종이를 내밀었다. 깜짝 놀랐다.

자기도 동화책을 썼다며 그림들을 보여주었다.

내가 그림을 그린다고 책상에 앉아 부푼 꿈을 안고 열중하는 동안, 이수는 책상 밑에 들어가 있거나 또는 책상 옆에서 같이 앉아 그리기도 하더니 그것들을 이수 나름대로 모아서 내게 보여준 것이다. 참으로 멋진 캐릭터들에 놀랐고, 아이들의 그림은 어른이 따라갈 수가 없다는 것을 깨닫는 순간이었다.

이제는 큰아이뿐만 아니라 우리 아이들 모두 내 옆에 붙어서 그림을 그리고, 자기 그림 이야기를 하기 시작했다.

우태는 개미가 사람의 손에 꾹 눌려 죽어가면서 슬퍼하는 이야기를 그림으로 이야기하고, 이수는 슬픈 나무 이야기를 하며 오늘도 나무가 베어졌다며 슬퍼하였다. 유담이는 공벌레가 어떻게 공이 되는지를 그림으로 이야기하며 혼자 그리면서 깔깔 웃기도 하였다.

우리는 그림으로 이런저런 이야기도 하며 수다를 떠느라 늘 시끌시끌한 밤을 맞이한다.

이수의 첫 번째
그림 이야기

♪

밤에 다른 아이들은 잠이 들고, 이수만 깨어 함께 누워서 노래를 듣다가 핸드폰에서 저장해놓은 곡 하나가 흘러나왔다. 그것은 신해철의 〈더 늦기 전에〉였다.

이수가 처음으로 들었던 그 노래가 가슴에 와닿은 건지 다 듣고 내게 이야기했다.

"엄마, 이 아저씨는 자연이 아파하는 노래를 만들었네! 그리고 사람들에게 이렇게 알리고 있잖아. 나도 자연이 아파하는 걸 알리고 싶어. 우리가 자연을 아끼자고 말이야."

"나도 엄마처럼 동화책을 만들어볼래. 노래는 못하니까 그림으로 할래."

난 그 말을 듣고 "그럼 네가 하고 싶은 이야기를 글로 먼저 써 봐"라고 말했다.

자려고 누웠다가 다시 벌떡 일어나 건넌방으로 가더니 A4 용지에 큼

직한 글씨로 쓱쓱 써서 가져왔다. 아직 한글도 제대로 다 못 쓰는 아이가 또박또박 열심히 쓴 글자 하나하나에 자신감이 넘실거리고 있었다. 읽어 보니 금방 쓴 것치고 제법 이야기를 잘 쓴 것 같았다.

"우선 네가 쓴 글들에 맞게 그림을 그려야 해. 매일 한 장씩 그려서 이야기를 만들어가는 거야. 어려운 일인데 할 수 있겠어?"

이수는 아무 말 없이 고개만 끄덕이더니 매일같이 그림을 그렸다.

이수가 자연을 아끼는 마음을 그렇게라도 표현해보고 싶어서 애쓰는 걸 보니 나도 길가에 핀 꽃들도 나무도 그냥 지나치지 못하고 한 번 더 쓰다듬게 되었다.

그렇게 이수는 꼬박 두 달에 걸쳐 그린 그림들을 내게 가져왔고, 벅찬 기쁨에 아이를 꼭 안아주었다. 남편이 제주 집에 오던 날, 이수의 첫 번째 이야기 그림을 꺼내 보여주었다.

남편도 기특하고, 꽤 잘했다며 칭찬을 아끼지 않더니 바로 스캔을 해서 페이지 수에 맞추어 편집까지 끝내 놓고

"이수야, 우리 책으로 만들어볼까?" 하는 것이다.

그래서 우리는 이수가 처음으로 쓴 책이니까 기념 삼아 10권을 만들기로 하였다.

우편으로 책이 도착했을 때 이수는 무척 기뻐하였고, 나도 막상 인쇄된 책을 보니 느낌이 새로웠다.

우리는 한 권만 남기고 나머지 책들을 가까운 분들께 나눠 드렸다.

그런데 주변의 많은 분들이 어떻게 아셨는지 우리를 만나면 책을 보고 싶으니 줄 수 없냐는 얘기를 하기 시작했다.

"이젠 책이 없는데 어쩌지? 미안해."

"만들려면 많이 좀 만들지 왜 조금밖에 안 만들었어?"

조금 더 만들 걸 그랬나?

이수가 이렇게 얘기했다.

"엄마, 나는 사람들에게 알리고 싶어. 그래서 사람들이 이 책을 많이 봤으면 좋겠어. 그러려면 책이 많이 필요하잖아."

"그렇지만 책을 만드는 데는 돈도 많이 필요하고, 그 많은 책을 어떻게 나누어 주느냐도 생각해 봐야 할 일이야."

믿을 수 없지만 급기야 천 권의 책을 인쇄하는 용기를 내기에 이르렀다.

"엄마, 이 책들을 엄마가 나가는 플리마켓에 가서 내가 팔아보면 어떨까? 내가 직접 만든 거니까 팔 수 있잖아."

"그건 그렇지만 무척 힘든 일이야."

"재미있을 것 같아. 많은 사람들한테 알려야지. 이게 제일 좋은 방법이야."

"하는 수 없지. 하지만 힘들면 엄마한테 말해 줘."

"알았어. 근데 안 힘들 거야."

그때부터 이수는 토요일만 되면 플리마켓에 나가게 되었다. 장사를 시작한 것이다.

"제가 쓴 책이에요. 한번 읽고 가세요!"

사람들이 지나가면서 이수의 책을 보기 시작했다.

정성껏 펼쳐 보며 대견하다고 사시는 분들도 계시는 데 반해, 하찮게 보시며 대꾸도 안 하고 그냥 지나치는 사람들과 놀리는 사람들이 많았다.

한 연인이 지나가며 "그게 얼만데?"라고 물었다.

"만 원이에요. 한번 읽어 보세요"라고 이수가 그림을 펼쳐 보였다.

연인은 "비싸!" 하고 웃으면서 지나가 버렸다. 이수의 눈에서 눈물이 흘러내렸다.

토요일마다 나가게 된 플리마켓은 늘 햇볕이 눈부시게 따갑고 강렬했다.

모자를 쓰기 싫어하는 이수는 내내 땀을 흘렸고, 얼굴은 벌겋게 달아올라 있었다.

이수 나이 겨우 여덟 살에 장사라니, 힘들어하는 이수를 보며 속으로 '안 했으면 좋겠는데……' 하면서도 이수의 결심을 내가 묵살시킬 수는 없는 일이었다.

주말에 남편이 올 때는 함께 따라나와 주었지만, 나 혼자일 때는 아이들 셋을 다 데리고 나와서 이수를 도왔다.

사실 정식 출판된 책이 아니라서 사주고 싶은 마음이 생기지 않을 것도 같았다.

그러나 난 마음속으로 이수가 하고자 하는 일이 조금이나마 이루어지길 바랐다.

어떤 날은 한두 권밖에 안 팔려서 고개를 푹 숙이고 가는 이수가 안쓰러웠다.

그래서 내가 아는 지인들을 몰래 불러다가 "이수 책 좀 사줘" 하기도 하였다. 그러나 그것도 한두 번이지, 계속 부탁할 수는 없어 마음만 아팠다.

매주 토요일 집을 나서기 전, 이수를 안고 머리를 쓸어주며 말했다.

"힘내, 이수야."

"그런데 오늘은 엄마 혼자 장사할게. 넌 좀 쉬는 게 어때?" 하니까

"아니야. 나도 할래" 한다.

어느 날부터인가 이수가 더 큰 목소리로 사람들에게 외쳤다.

"제가 쓴 책이에요. 한번 읽어 보고 가세요."

사람들은 조금씩 모여들었고, 호기심으로 책을 보기 시작하더니 전보다 한 권씩 한 권씩 더 많이 팔리기 시작했다. 이수는 책을 판매한 돈을 아빠에게 보태고 싶다고 하고, 나머지 돈 중에 반은 물감과 스케치북 등 재료비에 보태고 나머지는 기부를 하겠다며 기부함을 만들어 책 앞에 턱 하니 놓기 시작했다.

난 아이들을 어린이집에 보내고 난 후 평일에 종종 이수와 봉사를 나갔는데, 이수는 그곳에서 지내는 아이들이나 어르신들을 직접 본 일이 많다. 그래서인지 이수는 다른 사람 생각을 유난히 참 많이 한다.

그런 이수가 기부 생각을 한 것에 나 또한 고맙고 그 생각을 존중했다.

그러나 난 토요일만 되면 늘 마음이 무거웠다. 2시간은 그리 긴 시간이 아닐 수 있는데 어찌나 길게 느껴지는지, 장사하기에는 아직 어린 이수가 고생을 한다는 아픈 마음 때문일 것이다.

난 빨리 책이 다 팔려서 이수가 이제 그만두었으면 하는 마음뿐이었다.

괜히 천 권이나 인쇄를 해서 애를 고생시킨다고 남편한테 속을 털어놓

으니 남편이 말했다.

"그러게 말이야. 오백 권이나 천 권이나 인쇄비가 얼마 차이가 안 나서 천 권 했더니 저게 언제 다 없어질까? 그냥 내가 팔까? 그러면 이수가 싫어하겠지? 휴~"

어느 날 장에 나갔을 때 어떤 아저씨가 술을 드시고 오셨는지 이수를 보자마자 나에게 삿대질을 해대며 욕을 한참 하셨다. 이수에게 다가가더니 "솔직하게 말해도 돼! 이 사람이 누구야? 너한테 일을 시키고 돈을 먹는 게 누구야?" 하셨다.

아무 말도 못하고 우리 둘은 몸이 굳은 채로 서 있었다.

난 이수 귀를 막고 뒤에서 꼭 안고 있었다. 그런 상황이 벌어진 데는 내 책임이 컸다.

혼자 해보려고 했던 이수의 의견을 존중하기 위해 '장사'라는 경험으로 이수에게 여러 가지 배움이 되길 바랐을 뿐인데 하늘이 노래졌다.

이수 눈에서 또다시 눈물이 하염없이 흘렀다.

우리는 그날 서로 부둥켜안고 한참을 울다가 도중에 장사를 접고 일찍 집에 왔다.

그렇게 한 달 정도는 플리마켓에 가지 못하고 있는데, 이수가 내게 다가와 말했다.

"엄마, 나 다시 플리마켓 갈래."

"안 돼! 네가 거기 가서 또 마음 다치는 거 싫어. 사람들은 너의 뜻을 잘 몰라. 그러니까 조금 더 크면 그때 하자. 넌 아직 많이 어리잖아. 엄마도 마음이 안 놓여.”

“그렇지만 저렇게 책을 집에 잔뜩 쌓아두고 있으면 내가 저것을 볼 때마다 미안해질 거야. 그리고 난 하나도 안 힘들어. 상처도 안 받아. 사람들은 다 다르고, 생각도 다르니까, 이런 사람 저런 사람 다 있는 거지. 걱정 마 엄마”라고 말했다.

이것이 여덟 살 아이와 할 수 있는 대화인가 싶지만 그래도 긍정적으로 생각해주는 이수가 고마웠다. 그래서 이수를 한 번 더 꼭 안아주었다.

입양

결혼 전에 남편에게 입양에 대해 어찌 생각하느냐고 물었을 때, 남편은 할 수 있다면 여러 나라의 아이들을 입양해서 편견 없는 작은 지구촌 가족을 만들고 싶다고 했다. 하지만 한 생명을 온전한 한 인간으로 키우는 일인 만큼 신중하고, 깊이 고려해야 하고, 그보다 우선 우리 아이를 키워보고 부모로서의 소양을 갖춘 다음에 데리고 오는 게 맞는 게 아닐까 생각한다고 하였다. 남편 얘길 듣고 보니 맞는 말인 것 같아 동의했다. 그럼 우선 우리 아이들을 키워본 후에 다시 이야기하기로 했다. 난 그때의 그 짧은 얘기를 오랫동안 잊고 지냈다.

이수를 낳고 처음으로 겪어보는 육아에 무척 긴장하고 당황의 연속이었다. 모든 게 익숙하지 않아서 어설펐던 내가 조금씩 용기를 내기 시작할 때 둘째 우태가 태어나고, 아이를 키우는 일이 보통일이 아니구나 새삼 느끼며 조금씩 엄마로서 자리가 서기 시작할 때 셋째 유담이가 태어났다.

세 아이들 모두 기저귀를 떼고 막내 유담이를 어린이집에 보내는 시기가 왔을 때 난 드디어 혼자 있는 시간이 허락되었고, 그때 난 제주도로 이사해 삶의 터전을 바꾸겠다는 계획을 세우고 있었다.

이수와 우태와 유담이를 차례로 낳아 키우면서 입양이란 것을 떠올릴 여력도, 시간도 없었다.

계획대로 제주도로 이사를 했지만 남편은 직장 때문에 함께 오지 못했다. 남편과 1년 동안 떨어져 지낼 수밖에 없었다. 남편이 함께 못 와서 섭섭하고 허전했지만 1년 동안 세 아이들과 함께 어렵게 새로운 터전 제주도로 옮겨 온 만큼 다른 생각하지 말고 신나는 하루하루를 보내자고 다짐하였다.

결혼 전에는 독거노인을 찾아다니며 봉사하느라 아이는 생각조차 못했는데, 내가 아이들을 낳고 키우다 보니 부모가 없는 아이들이 보이기 시작했다.

어느 날 세 아이들을 어린이집에 데려다주고 난 후 집에 돌아오는 길에 문득 이런 생각이 들었다.

'보육원에서 나를 기다리고 있는 아이가 있을 것 같아.'

그 생각이 들고 난 후 나는 갑자기 마음이 조급해지고 하루빨리 그 아이에게로 가야 했다.

난 그 주부터 보육원 봉사를 시작했고, 집에 오면 아이들과 보육원에서 만난 아이들 이야기를 나눴다.

보육원에 가면 아이들이 우르르 몰려와 나의 왼팔, 오른팔, 등, 어깨, 다리에 다 달라붙어서 자기를 봐 달라고 아우성이다. 그러고는 시시콜콜한 오만 가지 질문을 해댄다.

그런데 그중에 한 아이가 다가오지도 못하고 아무 말 없이 쳐다만 보았다. 이름을 물어도 나이를 물어도 아무 대답이 없었다. 옆에 있던 아이들 말이, 여자아이이고 다섯 살이며 이름은 잘 모르겠다고 했다. 선생님께서는 아이가 지적장애와 자폐가 조금 있다고 했다. 언어치료도 받고 있다고.

밥을 먹을 땐 흰 쌀밥만 골라 먹는데, 볼 때마다 씹지도 않고 눈물을 흘리며 꿀꺽 삼키고 있었다. 줄을 서서 양치질을 하고, 금세 낮잠 자는 시간이라 아이들은 방으로 가 자기 자리에 눕는다. 선생님이 아이들의 가슴을 한 명씩 두드려 주었다.

아이들이 자는 사이 방문을 닫고 나오는데, 문틈으로 그 아이와 눈이 마주쳤다. 잘 가라며 손을 흔드는 그 아이의 눈은 '가지 마'라고 얘기하고 있었다. 발걸음이 무거웠다. 돌아가는 차 안에서 눈물이 쏟아졌다.

보육원에 가면 늘 똑같은 일상이 반복되지만 아이들의 눈망울은 생애 첫 하루를 시작하듯 맑고 희망으로 가득 차 있다. 그 맑은 눈에 방울방울 맺힌 눈물들도 자주 보게 된다. 그날따라 하늘빛도 좋고 따뜻해서 그 아이와 손을 잡고 산책을 하는 중에 무심코 아이를 내려다보는데 갑자기 "엄마!" 하는 것이다.

깜짝 놀라 한참을 바라보는데 아이도 내 눈을 피하지 않아 우리 둘은 눈으로 이야기를 주고받았다.

그 후 어느 날, 그 아이를 가을쯤 육지에 있는 장애인 센터로 보낸다는 말을 원장님께 듣게 되었다.

'아이는 제주도에서 태어났고 이 보육원에 와 쭉 이곳에서 자랐는데, 누군가에 의해 또 원치 않은 곳으로 가게 된다. 그 장애인 센터 안에서 아는 사람 아무도 없이 그렇게 커 가겠지…….'

이런 생각을 하니 마음이 아파왔다.

차 안에서 남편에게 전화를 걸어,

"보육원에 봉사 끝나고 돌아가려고 해. 그런데 마음 쓰이는 아이가 하나 있어. 그 아이를 두고 가는데 왜 이리 마음이 아프지?"

남편은 한참 동안 말이 없다가 "그 아이를 입양하자. 우리 이제 때가 된 것 같네. 아이 셋을 키워보니 부모 공부도 웬만큼 되었고, 이제는 할 수 있을 것 같지 않아?"

남편은 한참 잊고 있었던 입양 약속을 다시금 상기시켜주었다. 용기 내어 오래전 약속에 실천 의지를 보여주는 남편이 참 고마웠다.

전화를 끊고 나니 남편에게 하지 못한 말이 남아 있다는 사실을 알고 바로 문자를 보냈다.

"이수 아빠! 사실 그 아이가 말을 못하는 것 같아."

바로 답이 없어서 '에고, 안 되겠구나'했는데 "그럼 우리가 수화를 배우면 되겠네" 하고 답이 왔다.

답을 기다리던 5분이 어찌나 길고 생각이 많던지, 긍정적인 남편의 답을 듣고 집으로 돌아오자마자 아이들에게 이야기를 했다.

아이들은 무척 좋아하였고 기대하였다.

지금의 시끄럽고 잠시도 가만있지 못하는 유정이를 그때는 이렇게 얘기했다.

"무척 조용하고, 말이 없어. 너무 말라서 옆에서 손을 잡아줘야 똑바로 걸을 수 있단다. 도와줄 수 있겠어?"

아이들은 서로 앞다퉈 나선다. "내가 도와줄래! 내가 다 할게. 언제 와?"

아직 깊이 있게 생각지 하지 못하는 아이들에게 이런 중대한 일에 대한 의견을 묻고 결정을 한다는 게 미안하고 또 미안했다.

보육원에 가면 언제나 많은 아이들이 밖에 나와 계단에 줄줄이 앉아 볕을 쬐고 있다. 분명 어디엔가 눈길이 머물고, 무언가를 열심히 바라보고 있는데 알 수가 없다. 그 아이들 하나하나 무슨 생각을 하고 있고 어떤 마음일까 들여다보고 싶다.

차를 타고 지나가며 늘 봤던 이 광경이 왜 그리 가슴 아팠던 것인지 지금도 그 앞을 지나가면 그 아이들을 몽땅 데려오고 싶은 마음이 간절하다.

예언자
— 아이들에 대하여

레바논의 시인 칼릴 지브란Kahlil Gibran의 《예언자》에 실린 글 중에 〈아이들에 대하여〉는 아이들에 대한 이야기를 할 때 가장 먼저 떠오르는 글이다. 부모가 가져야 할 아이에 대한 마음가짐과 서로의 관계에 대하여 이보다 더 함축적으로 잘 표현한 글은 없는 것 같다.

"너희의 아이는 너희의 아이가 아니다.
아이들은 스스로를 그리워하는 큰 생명의 아들 딸이니,
저들은 너희를 거쳐서 왔을 뿐, 너희로부터 나온 것이 아니다.

또 저들이 너희와 함께 있기는 하나 너희의 소유는 아니다.
너희는 아이들에게 사랑을 줄 수는 있어도, 너희의 생각까지 주려고 하지 말라.
저들은 저들의 생각이 있으므로.

너희는 아이들에게 육신의 집은 줄 수 있으나, 영혼의 집까지 주려고 하지 말라.

저들의 영혼은 내일의 집에 살고 있다.

너희는 결코 찾아갈 수 없는, 꿈속에서도 갈 수 없는 내일의 집에.

너희가 아이들 같이 되려고 애쓰는 것은 좋으나, 아이들을 너희같이 만들려 애쓰진 말라.

생명은 뒤로 물러가지 않고 어제에 머무는 법이 없으므로.

너희는 활이요. 그 활에서 너희의 아이들은 화살처럼 날아간다.

그래서 활 쏘는 이가 무한의 길에 놓인 과녁을 겨누고,

그 화살이 빠르고 멀리 나가도록 온 힘을 다하여 너희를 당겨 구부리는 것이다.

너희는 활 쏘는 이의 손에 구부러짐을 기뻐하라.

그분은 날아가는 화살을 사랑하듯이 또 흔들리지 않는 활도 사랑하나니."

이토록 멋지고, 감격스러운 글이 또 있을까.

읽을 때마다 나를 키워 주는 글이다.

부모는 아이를 배 속에 품고 낳고 기른다는 이유 하나 때문에 그 아이

들을 자신들의 소유물로 생각하기 쉽다. 그러나 시인은 이렇게 말한다. 그 아이는 너희를 거쳐왔을 뿐 너희의 소유가 아니라고.

이 간단하고 당연한 사실을 나를 포함해서 어쩌면 많은 부모들이 잊고 살고 있는 걸지도 모르겠다. 아니 돌이켜보면 울컥 화가 나서 소리를 지르고, 아이들을 혼내고 있는 부모의 모습에도 아이들보다 우월하고 높은 존재라고 생각하는 부모의 에고ego가 자리 잡고 있는 것은 아닐까.

아이들과 함께 지내면서 내 생각만 맞는 것처럼 아이들에게 가르치고 있을 때가 있다.

아이들은 부모의 모습을 그대로 보고 배우지만 그대로 따라하지 않는다는 것을 우리는 경험으로 잘 알고 있다.

'너희의 생각까지 주려고 하지 말라. 저들은 저들의 생각이 있으므로.' 이 말씀은, 아이들의 그런 재생산 과정을 부모의 생각대로 따르도록 바꾸려는 노력을 하지 않아야 한다는 뜻이라고 생각한다. 부모가 가진 생각과 도덕, 관습은 그때까지의 자신의 삶을 바탕으로 쌓아오고 이루어진 것일 뿐, 그 생각과 경험들이 앞으로 살아갈 아이들에게도 그대로 적용되고 통용될 수 있다고 감히 생각지 말아야겠다는 마음이 든다. 그래서 우리가 아이들에게 줄 수 있는 것은 생각이 아니라 오직 사랑뿐이라고 노래하고 있는 것이 아닐까.

'너희는 아이들에게 육신의 집은 줄 수 있으나, 영혼의 집까지 주려고 하지 말라. 저들의 영혼은 내일의 집에 살고 있다. 너희는 결코 찾아갈 수 없는, 꿈속에서도 갈 수 없는 내일의 집에.'

육신의 집이라는 것은 아이들의 몸, 먹을 것, 입을 것, 문자 그대로의 집, 살아가는 주변 환경 등을 통틀어 이야기하는 것 같은데 아이들에게 이것들을 제공하는 것만으로 이미 충분하다는 의미가 아닐까. 영혼의 집이란 아이들의 생각과 꿈, 미래, 희망과 앞으로 살아갈 아이들의 시간, 이 모두를 부모의 생각대로 바꾸려 하거나 부모의 노파심으로 정해주려 하지 말라는 뜻이라는 생각이 든다.

아이들의 영혼은 꿈속에서도 찾아갈 수 없는 그들만의 내일의 집에 살고 있기 때문에 부모는 다만 그 아이들의 생각과 꿈을 바라보고 지켜보고 단지 기뻐하고 슬퍼할 뿐, 아이들의 영혼을 변화시키려는 노력은 오히려 큰 부작용을 가져온다는 의미로 들린다.

'너희가 아이들같이 되려고 애쓰는 것은 좋으나, 아이들을 너희같이 만들려 애쓰진 말라'라는 대목은 대부분의 부모가 잘못하고 있는 점을 꼬집고 있는 것 같다. 부모는 늘 아이들의 일거수일투족에 잘잘못을 가리고 판단하려는 습관이 있다. 부모가 아이보다 우월한 지위에 있다는 착각에서 비롯된 것일까? 그런데 이 글에서는 정반대로 이야기한다. 부모가 아이들을 닮으려 애쓰는 것은 좋으나, 아이들을 부모의 생각대로 바꾸려 하지 말라고. 아이들을 닮으려 노력한다니 정말로 근사하지 않은가? 아이들의 맑은 생각과 끝없는 상상력을 배우려 관찰하고 노력하는 것이 부모의 바람직한 자세가 아닐까 생각한다.

'너희는 활이요. 그 활에서 너희의 아이들은 화살처럼 날아간다.'
참으로 멋진 비유가 아닐 수 없다. 부모는 아이들 인생의 주인공이 아
니다. 부모는 활이 되어 이 자리에 머물고 아이들은 미래를 향해 달려
간다. 어떤 부모들은 아이들의 미래에까지 관여하여 아이들의 장래희
망과 직업까지도 부모의 의사에 따라 살아가도록 정하려고 하는 것을
종종 본다. 심지어는 어른이 된 자식의 직장과 결혼생활 문제까지도
부모의 뜻을 벗어나는 것을 용납하지 않아 큰 갈등이 일고 돌이킬 수
없는 관계가 되는 경우까지 발생한다.
부모로서 어릴 때부터 키우고 지켜본 자녀가 나쁜 길로 들어서는 것을
뻔히 보면서 구경하라는 것은 아니다. 문제는 부모의 경험과 관점에
서 값어치를 따지고, 효율적이지 않은 길까지 모두 포함하여 '나쁜 길'
이라고 판단해서 아이에게 그 생각을 세뇌시키려고 한다는 점이다. 이
판단에 따라 아이들은 자신의 꿈도, 장래희망도 포기하고 어느새 자기
가 원래 바라던 일이었던 것마냥 다른 아이들과 같이 나란히 책상에
앉아 공무원, 의사, 판사 등 경제적으로 안정적인 직업만을 바라며 살
아가게 된다. 이렇게 아이의 독립적인 꿈을 잃어버리고 단지 경제적
안정, 즉 돈만을 유일한 가치로 추구하고 살아가는 아이들을 주변에서
수없이 많이 보게 된다. 아이들의 영혼이 좀 먹고 있다는 느낌에 지금
한국 사회의 교육은 신뢰를 잃어갈 수밖에 없다.
부모로서 아이들에게 해줄 수 있는 유일한 일은 아이들이 자신의 미래

를 향해 화살처럼 날아갈 수 있도록 기꺼이 활이 되어 몸을 구부려 날아갈 힘을 실어주는 것 하나뿐, 이미 부모의 손을 떠나 날아가는 아이들의 인생을 부모가 좌지우지하려 해서는 안 될 것이다.

아쉬워하지 말자! 아이들이 우리의 손을 떠나기 전에 우리가 아이들과 할 수 있는 것도 많이 남아 있다. 아이들이 자신의 꿈을 좇아 더 멀리 더 바르게 날아갈 수 있도록 아이들에게 건전한 사고방식을 심어주고, 자신들을 믿고 지지하는 부모가 있다는 정신적인 안정감을 주는 것이 부모로서 아이들의 인생을 축복하고 지지하는 바람직한 자세가 아닐까.

자유로움과 당당함이 특기인 우태

오늘은 이만큼! 내일은 더 높게!

언제 어디서든 자유롭게 글을 쓰고, 그림을 그리는 아이들

올리브나무를 관찰하고 그리는, 식물을 사랑하는 우태

애기 수박이 나온 것을 보고
기뻐하던 날

하루 종일 신발 벗고
뛰어 놀던 날

우리 집을 그리고 있는 이수

2

어떻게
해야 할까요?

서로를 알아 가는
유일한 길

'말'이라는 것은 참으로 중요하다. 이 '말'로 사람을 살리기도 하고 죽이기도 하니 그 얼마나 신중하고 조심히 다뤄야 하는지 살아가면서 매번 느낀다.

아무것도 모르는 아이들도 말 한마디에 다치고 울고, 서러워하며 화를 내고 싸운다. 또 다른 말에 까르르 웃고 힘을 내며 서로의 마음을 나눈다. 부모의 말이 모여 아이의 생각을 세우고 마음을 성장시키며, 인생을 결정 짓는 중요한 역할을 하게 된다.

그래서 나는 말을 잘하려고 항상 노력한다. 듣기 좋은 말이 아니라 필요한 말을 하려고 노력한다. 그것이 참 어렵기에 항상 노력한다.

나는 아이들의 말뿐 아니라 마음을 바라보는 연습을 많이 하려고 한다. 특히 우리 아이들은 있는 그대로의 말의 뜻이 아닌 번역이 필요한 말들이 많아서 잘 들어야 한다.

"엄마, 나는 다 싫어!"는 "엄마, 나 좀 안아줘. 속상해"로,

"나 집 나갈 거야!"는 "엄마, 내 마음 좀 제발 알아줘"라고 들어야 한다.

그런데 이렇게 말하는 아이의 말을 부모가 잘못 이해해서

"그래, 나가~! 나가서 들어오기만 해 봐! 누가 이기나 한번 해보자. 얼른 나가!!"

"이럴 땐 이렇게 해야지! 그건 잘못됐어! 네가 먼저 소리 지르지 않았으면 오빠도 안 그랬지. 자기도 못하면서 누구를 탓해? 너도 잘한 거 하나도 없어."

이렇게 가르치려고 하면 엄마 말대로 '아~ 그렇구나' 하고 뉘우치는 아이가 몇 명이나 될까? 어른들이 원하는 모범 어린이로 '뿅!' 하고 변신한다면 얼마나 좋을까?

아이가 태어나서 처음으로 만나 믿고 가장 사랑하는 엄마에게 모진 소리를 들으면 그 조그마한 마음은 얼마나 서럽고 아플까? 그 순간엔 엄마도 화가 나고 속이 상해서 아무렇지 않게 뱉게 되는 말들이지만, 시간이 지나고 이 아이의 마음을 생각해보자. 얼마나 마음이 저리고 아파서 눈물이 흐르겠는가.

예전에 내가 유담이의 말을 잘 못 알아들어서 크게 뉘우친 적이 있다. 유담이가 오빠 때문에 화가 나서 내게 달려와서는 한참을 짜증 섞인 말로 오빠에 대해 핀잔을 늘어놓길래 너도 이렇게 엄마한테 쪼르르 달려와 이르는 게 잘하는 건 아닌 것 같다고 핀잔주며, 이럴 땐 이렇고, 저럴 땐 저렇게 하는 게 맞고, 내가 어느새 판사가 되어 "다음부턴 그

렇게 하지 마" 하고 땅땅땅 결론 지어버렸다.

내 말이 길어지자 유담이 얼굴은 어느새 일그러지고 끝내 소리를 지르며 문을 쾅 닫고 나갔다. 그리고 다시 문을 열어 "나 집 나갈 거야!! 다 싫어" 하며 고함을 질러버리는 게 아닌가?

나도 너무 화가 나서 "진짜지? 나간다고 했지? 엄마 없이 너 혼자 산다는 거지?" 했더니 더 큰소리로

"그래!! 나 화났어!!!" 한다.

유담이의 화났다는 말에 내 머릿속이 갑자기 멍해졌다.

'유담이가 지금 너무 화가 났다는 말을 계속 한 건데 내가 못 알아들었던 거구나! 잘잘못을 가려달라는 얘기가 아닌데……. 내가 왜 어리석은 말들로 저 조그마한 아이의 마음에 돌을 던졌을까?'

그 순간 '내가 유담이라면' 하고 유담이의 마음을 읽으려고 애써보았다. 엄마가 마음을 알아주면 좋겠는데, 이래라 저래라 하는 말들만 늘어놓았으니 나라도 다 싫을 것 같았다. 그래서 난 바로 유담이에게 다가가 얘기했다.

"유담아, 유담이가 화가 나서 엄마한테 온 거였지? 많이 속상했겠다. 엄마한테 와 줘서 고마워. 아까는 엄마가 잠깐 아무 생각을 못하게 얼어 버렸었나 봐. 아무 말이나 해 버렸지 뭐야. 그리고 네게 아픈 말만 해서 미안해. 유담이가 괜찮다면 유담이 얘기를 다시 들어 봐도 될까?"

난 그날 내 아이를 통해서 또 하나를 배웠고 조금 더 성숙한 엄마로 마

음의 키가 자랐다.

아무리 어린아이라 할지라도 감정은 똑같을 거라 생각한다. 서로의 말을 잘 알아듣지 못하면 그 말로 소중한 사람에게 상처를 주거나 믿음을 잃기도 한다.

아이들 각자의 성향과 성격이 다른데 그중 유담이는 감정을 굉장히 솔직하고 과격하게 표현하는 아이라서 가끔 나를 놀라게 한다. 그때마다 유담이 마음을 알아준다는 게 쉽지는 않지만 이것도 연습을 하다 보니 유담이도 "엄마, 내 마음을 알아줘서 고마워"라고 한다. 그리고 자기도 엄마 도와줄 거 없냐고 먼저 묻기도 한다.

엄마는 정신없이 바쁜 와중에도 아이들의 마음도 헤아려야 하므로 그날의 컨디션이나 기분에 따라 놓칠 때도 있지만, '아차! 내가 지금 잘 못하고 있다'는 것을 빨리 알아차린다면 얼른 인정하고 바꾸어야 한다. 참 어렵지만 하다 보면 익숙해지고, 또 보람되기도 하다. 그러다 보니 "엄마, 내가 아끼는 사탕인데 이거 엄마 줄게. 엄마가 내 마음을 알아주고 밥도 해주고 책도 읽어 주고 힘들 텐데 우리를 키워 주잖아"라고 막내 유담이가 다 큰 아이 처럼 신기하게 말한다.

나와 매일 웃고 울고 화내고 짜증내며 째려보기도 하는 유담이가 여전히 어렵지만 믿음으로 점점 좋은 엄마와 딸의 관계로 나아간다.

진짜 자유

아이들은 언제 어디서나 하고 싶은 게 많고 그것들을 다 하게 해달라고 조른다. 물론 실수하고 잘못하는 그 경험들 속에서도 배우는 것이 있기에 다 해보라고 말하고 싶기도 하지만 가끔은 절대 허락할 수 없을 때가 있다. 그것이 너무 위험할 수도 있고, 또 걱정을 크게 끼칠 수도 있기 때문이다.

하루는 둘째 우태가 강아지 토토와 동생들을 데리고 산책하고 오겠다고 하였다. 평소에는 토토만 데리고 다녔던 터라, 이번에 동생 둘을 다 데리고 다녀오겠다고 하니 불안한 마음이 들었다.
"그러면 형과 같이 가지 그러니?"라고 물었다. 하지만 우태는 고집을 꺾지 않았다. 오늘만큼은 자기도 오빠로서 동생들을 이끌고 혼자 해보고 싶은 마음이 들었던 모양이다.
"엄마, 걱정하지 마! 나 우태야. 동생들 데리고 잘 갔다 올게. 나를 믿어 봐!"

"음…… 그럼 동네 큰길 바깥으로는 나가지 않기로 하자. 약속해."

"알았어, 엄마. 약속할게."

"그럼 조심해서 잘 다녀와. 엄마 기다리고 있을게."

이수도 걱정이 되었는지 우태를 보내는 등 뒤로 "우태! 조심해. 빨리 와!" 한다.

그렇게 우리는 우태를 믿고 기다리기로 했다.

이수는 목공실에 들어가 나올 생각을 않고, 난 아이들 공부방을 수리하느라 페인트칠에 여념이 없었다. 정신을 차려보니 어느새 한 시간이 훌쩍 넘어 있었다.

"이수야! 우태 왔어?"

"아니, 아직 안 왔어."

"뭐? 아직 안 왔다고?"

이수와 나는 하던 일을 멈추고 밖으로 나와 불안한 눈빛을 주고받았다.

이수는 재빨리 자전거에 올라탔고, 나는 그 반대 방향으로 내달렸다. 다급한 마음이 들었다.

"우태야! 유담아! 유정아!"

세 아이의 이름을 번갈아 불러가며 동네를 살살이 찾아 헤매었다.

도대체 어디까지 간 건지 아이들은 보이질 않았다.

시간이 지날수록 불안감과 공포감이 밀려왔고 안 좋은 생각들이 나를 휘감기 시작했다. 자치 경찰단에 계시는 지인분께 연락을 드려서 도움을 요청하고, 집으로 돌아와 더 멀리 나가 찾아보기 위해 차에 올라탔다.

그때 집에 돌아온 이수를 만났다. 이수는 자전거로 몇 바퀴를 돌았는지 온몸이 땀에 젖어 헐떡이고 있었다.

"엄마, 도저히 못 찾겠어. 우태가 가 볼 만한 데를 다 가 봤는데 없어. 어디로 갔는지 도무지 모르겠어."

나는 이 동네, 저 동네를 눈을 부릅뜨고 샅샅이 뒤졌다.

온몸에 진땀이 나고, 눈물까지 나기 시작했다.

그리고 어떻게든 가지 말라고 말렸어야 했다는 후회가 밀려왔다.

속으로 '아이들이 잘못되지는 않았겠지'라는 걱정도 들었지만 무서운 현실이 될까 봐 이런 생각을 떨쳐 버리려고 애썼다.

날은 저물어 가는데 아이들은 어디에도 보이질 않으니, 가슴이 무너져 내렸다.

몇 시간을 헤매다가 집으로 돌아와 보니 이수가 뛰어와 "엄마, 우태가 돌아왔어" 하는 게 아닌가?

그 소리를 듣자마자 난 눈을 감고 마음을 쓸어내렸다.

눈앞에 우태가 서 있었다.

우태가 무사하다는 사실에 마음은 다시 평온을 찾았다.

우태가 "엄마, 미안해" 하더니 울기 시작했다.

무슨 일이 있었던 걸까?

"우태야 괜찮아. 네가 무사하니 그걸로 된 거야."

그러나 우태는 이런 말을 했다.

"엄마가 멀리 가지 말라고 하니까 더 가 보고 싶었어. 그래서 더 멀리 까지 나갔다가 놀이터를 발견하고 거기서 놀다가 시간이 이렇게 많이 지나 버렸어."

나는 그날 저녁 우태에게 "엄마의 마음"이라는 글을 쓰게 했고, 우태는 앉아서 곰곰이 생각을 하더니 오늘 있었던 일에 대한 나의 마음을 헤아려 보려 애쓰는 글을 써 놓았다. 맞춤법도 다 틀리고 소리 나는 대로 쓴 글이지만 마음이 전해지는 고마운 글이었다.

'엄마는 내가 업써저서 울고 시퍼슬거다. 나도 엄마가 업서지면 무섭고
울고시퍼 걱쩡이 되. 안그래쓰면 조케써.'

잠들기 전에 우태랑 이런저런 이야기를 나누었다.

"우태야, 하고 싶다고 해서 재미있다고 해서, 뭐든 할 수 있는 게 자유는 아니야.

엄마도 예전에 집을 나간 적이 있었어. 그냥 한번 나가 보고 싶었던 거야. 세상 밖이 너무너무 궁금하기도 하고 나 혼자 살면 어떨지 시험해보고 싶었던 마음도 있었지. 하지만 집에서 엄마, 아빠가 얼마나 나를 걱정하고 계실지 생각은 못 한 거야. 그냥 내가 하고 싶은 걸 해 보는 건데 뭐 어때? 하고만 생각했던 거지.

그저 다섯 살 어린애마냥 해서는 안 되는 행동이 있다는 것도 모르다

니 어리석었어. 집으로 돌아와 엄마한테 얼마나 혼났는지 몰라. 그런데 심하게 소리를 지르고 화내는 엄마가 미웠어. 조금만 부드럽게 해 줄만도 한데 너무하는 것 같다고 생각이 들었던 거야. 하지만 그날 밤 엄마가 아빠한테 얘기하는 걸 들었단다.

내가 없어진 날 엄마는 내가 누구한테 잡혀가서 죽기라도 한 건 아닐까 하는 걱정에 애간장을 태우셨다는 얘길 하셨어. 그리고 우셨어.

그때 엄마의 진짜 마음을 알고는 난 많이 생각했어. 내가 하고 싶다고 해서 다 해서는 안 된다는 사실을.

누군가의 마음에 걱정과 상처를 준다면 나의 자유는 진짜 자유가 아닌 거야."

내 얘길 끝까지 조용히 듣더니 우태는 "엄마, 미안해" 하며 울면서 앞으로는 약속도 잘 지키고, 하고 싶다고 해서 자기 마음대로만 하는 일은 절대 안 하겠다고 약속했다.

인사

내가 이수를 이야기할 때 늘 자랑 삼는 것이 있다. 이수는 인사를 참 잘한다는 것이다. 지나가는 사람들에게도 "안녕하세요" 하고 기분 좋게 인사를 하면 모른 척하거나 째려보기도 하지만, 똑같이 기분 좋게 인사를 받아주는 사람도 있다. 어쨌거나 이수는 인사를 하고 나서 내 얼굴을 한번 바라보고 미소를 보낸다.

"엄마, 인사를 하면 기분이 참 좋아. 대꾸를 안 하는 사람도 있지만, 뭐. 속상한 일이 있었을지도 몰라."

난 이수의 긍정적인 생각이 참 좋다.

이유는 모르지만 그럴 만한 이유가 있을 것이라고 이해하는 이수의 마음을 나도 배운다.

그러던 이수가 학교를 다니면서 점점 인사를 하지 않기 시작했다. 내가 눈치를 챌 때 즈음엔 이미 이수는 인사를 잊은 듯 했다. 안타까운 마음에 이수에게 물어보았다.

"이수야, 예전엔 네가 인사를 참 잘 했었는데 요즘은 인사를 안 하고 있는 것 같아. 어떻게 된 일인지 모르겠어."

금새 시무룩해지더니 이수 얼굴이 어두워졌다.

"엄마! 학교에 가면 내가 인사를 해도 누구도 대답을 안 해. 교실에 들어가서 '안녕' 하면 이상하게 쳐다보거나 관심이 없어. 아무도 인사를 안 해."

점점 인사와 멀어지게 되었다고 덤덤하게 말하는 이수를 바라보고 있자니 속상했다.

그 후 학교 행사가 있을 때 다과를 차려놓고 선생님들과 함께 이야기한 적이 있었다.

담임 선생님과 이야기를 하다가 '인사'에 대한 이수의 변화와 내 생각을 말했더니 의외의 답이 돌아왔다. 다른 아이들이 인사를 할 때까지 계속 기다려 준다는 이야기였다.

그래서 나는 물었다.

"언제까지 기다려 주실 생각이세요?"

이수는 지금 1학년이고, 어릴 때부터 기분 좋게 하던 인사를 잊어버리고 있는데 다른 아이들이 인사를 할 때까지 이수 또한 기다려야 한다는 것일까?

내 생각은 이렇다.

아이들을 기다려 준다는 말은 맞는 말이다. 하지만 모든 것을 다 기다려줄 수는 없다.

'인사'라는 것은 다른 사람도 나도 행복한 일이다.

서로에게 좋은 영향을 주는 일이라면 좋은 습관으로 길러 주는 것이
좋다고 생각한다.

왜 인사를 해야 하는지 모르고, 할 이유를 찾지 못한다면 함께 이야기
를 나누는 것이 먼저라고 생각한다. 그래도 하기 싫다고 하면 기다려
주는 게 맞을지도 모르겠지만, 내가 보는 아이들 대부분은 그 이유를
모르는 것 같았다.

그래서 한 아이에게 이렇게 말했다.

"안녕!이라고 인사를 하면 너도 '안녕'이라고 얘기해 줄래? 그럼 내가
기분이 참 좋아질 것 같아."

무슨 말인지 모르겠다는 얼굴로 쳐다보는 아이에게 다음번에 갔을 때
"안녕!" 하고 반갑게 인사를 하였다. 그다음 번에도 또 그다음 번에도.

"우리가 인사를 나누면 서로 기분이 좋아지고 더 친하게 지낼 수도 있
을 것 같은데 어떻게 생각하니?"

난 이수를 데리러 학교를 갈 때마다 아이들에게 말을 걸고, 인사를 했다.

이수를 만날 때도 손을 흔들며 큰 소리로 인사했다.

"이수야, 안녕! 오늘 잘 지냈어?"

"엄마, 안녕! 보고 싶었어."

우리는 지금도 이렇게 반가운 인사를 한다.

집에 돌아와 이수와 '인사'에 대한 이야기를 나누었다.

"이수야, 엄마는 이수가 인사를 하지 않게 된 점에 대해 조금 슬픈 생각이 들어. 왜냐하면 너의 인사가 누군가에겐 하루 동안 행복한 마음이 들게도 하는 일이거든. 그 작은 일 하나가 큰 선물이 되는 거야. 친구들이 매일매일 인사를 받아 주지 않아서 마음이 상했을지도 몰라. 엄마라도 그럴 것 같아. 그렇지만 그것으로 네가 금방 변했어. 반대로 친구들이 변화된다면 어떨까. 한번 시도해 보는 것도 너에겐 큰 경험이 될 것 같아. 너 혼자라 할지라도, 좋은 일이라면 네가 하는 작은 행동 하나로 다른 사람들을 변화시켜 보는 거야. 그러면 세상도 바뀔 수 있어. 아주 천천히 변화가 오겠지만 말이야. 하지만 틀림없이 넌 후회하지 않을 거야."

이수는 고개를 끄덕였고, 다음 날부터 다시 인사를 하기 시작했다.

"엄마, 오늘도 아무도 인사를 받지 않았지만 난 인사했어."

"그래 잘했어. 내일도 또 그다음 날도 해 보는 거야. 그러면 분명 친구들도 달라질 거라 생각해. 너의 행동이 맞다는 것을 알게 되는 날이 빨리 왔으면 좋겠다."

그렇게 이수는 노력했고, 얼마 후 나에게 기쁘게 와서 안기며 이렇게 얘기했다.

"엄마, 난 이제 더 노력할 거야. 오늘 한 친구와 서로 인사를 나누었거든. 기분이 참 좋았어. 아무렇지 않게 그냥 앉아서 아무 일도 없다는 듯이 얘기 나누고 학교생활을 하고 그냥 집으로 돌아오는 것보다, 서로 만나면 인사하고, 헤어질 때 인사하고 집으로 오는 것이 마음 편안하고 좋다는 걸 알았어. 그동안 내 마음이 늘 불편하고 힘들었던 게 왜 그런지 몰랐었는데 아마도 그것 때문인 것 아닐까 생각했어. 엄마 말대로 친구들도 다 변화되어서 우리 다 같이 인사하는 날이 왔으면 좋겠다."

난 이수가 이런 새로운 시도로 더 큰 변화가 일어날 수 있다는 것을 알아 나가기를 바란다.

엄마로서 친구로서 옆에서 지켜보고 기다려줄 것이다.

더 나은 사람으로 자라나도록 힘을 다해 도와줄 것이다.

밤마다
피는 꽃

우린 밤마다 이야기를 한다. 중요한 이야기뿐 아니라 정말 말도 안 되는 이야기까지 다 한다.

다 같이 자려고 누워서 각자의 머리를 최대한 내 머리에 가깝게 들이민다.

"옛날 옛날에……"라고 말을 시작하면 아이들은 귀를 쫑긋 세우고 어떤 이야기가 흘러나올지 집중에 또 집중을 해서 쳐다본다.

유담이는 공주를 참 좋아한다. 사실 공주라고 하면 얼굴도 곱고 이쁘며 화려한 드레스에 레이스가 달려 있고, 아주아주 착한 아이가 머릿속에 그려진다. 하지만 나의 이야기 속에 나오는 공주는 전혀 그렇지가 않다.

코피 공주, 설사 공주, 털이 많은 공주, 땀이 많은 공주, 이가 까만 공주 등 다양한 공주들이 등장하여 왕자들을 놀라게 하고, 또 자신만의 캐릭터로 당당함을 보여준다.

그리고 수많은 동물들과 벌레들이 등장해 서로 몸이 분리되기도 하고, 여러 가지 모양으로 새롭게 탄생되기도 한다. 내 이야기 속 생명체들은 참으로 바쁘게 움직인다.

난 밤마다 아이들에게 이야기를 들려준다. 나도 그날 무슨 이야기를 들려줄지 잘 모른다. 왜냐하면 이야기를 들려주면서 나도 즉흥적으로 생각해서 만들기 때문이다.

그냥 바로 떠오르는 생각들을 계속 이어나가다 보면 이야기가 되는데 그 이야기들이 허무맹랑하고 말도 안 되지만, 아이들은 그저 까르르까르르 넘어간다.

난 아이들의 웃음소리가 참 좋다. 그 웃음소리를 듣고 있으면 내 마음이 참 행복하다. 웃음소리를 더 듣고 싶어서 더 웃긴 벌레를 등장시켜 자세히 묘사한다.

개미의 허리가 끊어졌는데 지나가던 지네가 발로 차서 날아가고, 개미는 끊어진 허리를 찾으러 가는 동안 절뚝대느라 허리 힘을 못 써서 다리가 휘었다. 드디어 개미가 허리를 찾아 어렵게 달려 가는 순간, 하필이면 쇠똥구리가 똥을 굴려 허리가 똥 속에 파묻히고, 개미는 허리를 돌려받기 위해 간곡히 부탁한다. 돌려받고도 움직일 때마다 똥 냄새나는 허리를 붙이고 다녀야 하는 개미 이야기를 하다 보면 끝이 없다.

이렇게 우리의 밤은 매일 시끄럽다.

그리고, 이야기를 끝내면 따뜻한 말들이 들려온다.

이수는 "엄마, 오늘도 수고했어. 잘 자."

우태는 "엄마, 속상한 거 있으면 나한테 다 말해. 내가 다 들어줄게. 안녕, 잘 자."

유담이도 이어서 "엄마, 내일은 무슨 공주 이야기 해 줄 거야?"

"글쎄 잘 모르겠는데……. 유담이는 어떤 공주가 되고 싶어?"

"난 천하장사 공주!"

"하하하~ 유담이 천하장사. 잘 자!"

유정이가 마지막으로 "엄마, 잘 자. 똥꿈 꿔. 사랑해" 한다.

유정이는 자기 전에 늘 똑같은 이 말을 한다.

우리 집에 처음 온 날 잘 때 내가 했던 말이다.

똥꿈을 꾸면 좋다고 그게 얼마나 좋은 말인지 아냐고 장난스럽게 한말인데. 3년째 똑같은 밤인사를 내게 하고 있다.

"유정아, 잘 자. 똥꿈 꿔. 사랑해."

수박

덥고 더운 여름날 엄마가 아이들 준다며 큰 수박 하나를 사들고 오셨다.
아이들은 할머니보다 수박이 더 반가웠는지 평소보다 더 목소리가 컸다.
"와! 수박이다!"
수박을 들고 부엌으로 가는데 이수가 내 옷자락을 붙들고 계속 따라
왔다. 수박 자르는 게 보고 싶었던 거였다.
여섯 살의 이수는 키가 작아 볼 수 없으니 의자를 끌고 와 딛고 올라섰
다. 그리고 세상 누구보다 행복한 표정으로 수박 자르는 것을 지켜보았
다. 나는 얼른 수박을 잘라 접시에 척척 올려 담고는 거실로 가져갔다.
먹는 시간은 참으로 짧은 것 같다. 특히나 과일 중에 수박을 제일 좋아
한다고 늘 얘기하던 이수는 얼굴에 씨까지 묻혀가며 열심히 먹더니 나
에게 이렇게 얘기했다.
"엄마! 나 수박씨를 텃밭에 심을 거야. 그럼 수박이 자라는 거야?"
"음, 그렇지."

이수는 씨를 손에 꼭 쥐고 나가더니 삽으로 흙을 파고, 씨를 넣고 잘 덮어서 야무지게 마무리하였다. 끝인가 보다 했는데 여기저기 뭘 찾아 헤매더니 넓적한 나무조각을 주워 와서 '수박'이라고 이름표까지 써서 붙였다.

난 대수롭지 않게 바라보고 '재밌게 노는구나'라고 생각했다.

그러나 그다음 날부터 이수는 매일같이 물을 주고, 수박씨에게 언제 나올 거냐며 말을 걸고, '예쁘다, 예쁘다' 해야 빨리 나온다며 땅을 부드럽게 쓰다듬어 주기까지 했다.

'저러다 말겠지'라고 생각했는데 이수는 매일같이 아침, 점심, 저녁으로 들여다보고 기다리고 있었다. 정말로 수박이 나온다고 믿는 눈치였다.

밤에 자지도 않고, 창문으로 흙을 물끄러미 바라보기도 하고, 몰래 땅을 파헤쳐 잘못된 건지 확인까지 하면서 기다리고 있었다.

난 이수가 열심히 가꾸는 모습에 진짜 수박이 나와 주면 좋겠다는 생각까지 하게 되었다.

그러면 이수가 얼마나 기뻐할까?

난 이수가 씨를 심어놓은 곳을 가만히 들여다보았다.

아무리 봐도 수박이 나올 것 같지 않자, 머릿속에 잠시 엉뚱한 생각이 지나갔다.

난 그길로 바로 시장에 갔다. 과일가게로 가서 가장 작은 애기 수박을 얼른 사와서 줄기 부분을 땅에 깊이 묻어 두었다.

이수는 그날도 어김없이 텃밭으로 가더니 갑자기 탄성을 지르기 시작했다.

"엄마! 수박이 보여. 이제 조금만 기다리면 큰 수박이 될 거야. 내 말이 맞지?"

"그래, 네 말이 맞구나. 수박 키운다고 힘들었는데 드디어 나와서 우리 이수가 무척 기쁘겠구나."

난 속으로 생각했다.

'다행히도 이수가 눈치 못 챘네. 이걸로 된 거야. 실망하지 않고, 보람을 느낄 수 있어서 다행이다. 아휴…….'

다음 날도 또 그다음 날도 이수는 어린이집에서 돌아오면 수박한테 갔고, 더 정성 들여 보살폈다.

얼마 후 나는 다시 시장에 가야 했고, 더 큰 수박으로 다시 심어 놓았다.

이수는 이제 먹을 때가 되었다며 그 큰 수박을 조심조심 뽑아 와 온 가족들에게 모이라고 뛰어다니며 외쳤다.

이수가 얼마나 기쁘고 뿌듯한 기분인지는 그 웃음소리만 들어도 알 수 있었다.

우리 가족은 다 같이 이수가 키운 먹음직스러운 수박을 먹기로 하고 거실에 둘러 앉아 쪼개놓은 수박을 하나씩 집어 먹기 시작했다.

다들 이수에게 한마디씩 하였다.

"이수야, 잘 먹을게. 네가 이 아이를 키운다고 고생했겠구나."

나도 한마디 거들어 "이수야! 수고했어. 잘 먹을게" 하였다.

그런데 조금 이상한 느낌이 들었다.

이수의 오른편에 밥그릇 하나가 따로 놓여 있었다. "이수야, 그건 뭐야?" 하고 물어보았다.

"아! 이거? 내가 금방 먹고 뱉어 놓은 씨야. 나 수박씨 100개 심을 거야."

아뿔싸!

난 갑자기 머리가 하얘졌다.

그때 우리 부부는 사실대로 말해야 하나 말아야 하나 고민했지만 그날은 말하지 않기로 했다. 사실을 숨기는 것이 거짓말이 아닐까 미안하기도 했지만, 산타클로스를 믿게 하는 마음처럼 꿈꾸게 해주고 싶었다. '나중에 말해줘도 되겠지. 이수야, 미안!'

마음의 공부

집에 선배 언니와 아들이 놀러 왔다. 이수는 친구가 왔다고, 우태는 형아가 왔다고 좋아하며 반겼다.

우리 집 아이들은 함께 뛰어놀고 싶어서 자꾸 밖으로 나가자고 하는데 그 아이는 집에서 가져온 수학책에서 눈을 떼지 못하고 있었다.

셈에 관심이 많던 우태는 자기 딴에는 더하기 빼기를 할 줄 안다고 이수한테 자신있게 문제를 내보라고 했다.

이수가 "3 더하기 6은?" 하고 물으면 우태가 한참을 생각하다가 "9"라고 대답하고, 다시 "9 더하기 7은?" 하고 물으니 우태는 더 깊이 생각하며 손가락까지 동원해 세다가 "15!"라고 답했다.

대답이 나오자마자 놀러 온 아이가 갑자기 피식 하고 웃더니 "16이거든" 한다.

우태와 이수는 아랑곳하지 않고 질문과 대답을 계속 해나갔다. "그럼 8 더하기 5는?"이라고 묻고 우태는 또 한참을 생각하더니 "12!"

그 아이가 또 한마디한다. "13이야, 무식하긴."

이수와 우태는 그런 말을 듣고도 아랑곳하지 않고 "우리 같이 놀자, 어? 나가서 활 만들까? 자동차 만들까?" 한다.

그 아이는 전혀 관심 없는 듯 책에서 눈도 안 떼고 말한다. "아니, 난 그냥 있을래."

그 아이와 놀고 싶어도 같이할 수 없다는 실망에 이수와 우태의 얼굴이 조금 일그러졌다.

"그럼 네가 하는 수학을 같이할까?"

"그러든가."

이수는 포기한 듯 자리에 앉았다. "그럼 내가 문제 낼게. 8 더하기 9는?"

그 아이는 이수의 질문에 콧방귀를 뀌며 "17! 난 그런 한 자릿수 더하기는 하고 싶지 않아. 난 벌써 두 자릿수 나누기랑 곱하기 하거든. 너네 진짜 무식하구나!"

옆에서 우태가 "이수 형아! 무식이 뭐야?" 한다.

난 아이들의 대화를 그냥 두고 보고 있었다.

아이들 스스로 어떻게 풀어갈 것인가 궁금하기도 했고, 아이들의 일에 부모가 개입하는 것은 옳다고 생각하지 않기 때문이었다.

그때 이수가 우태에게 나중에 말해 줄 테니 가만히 있어보라고 하였다.

그러고는 조용히 일어나 놀러 온 아이에게 한마디 하고 나갔다.

"너는 우리보다 유식하고 두 자릿수 셈을 할 수 있을지는 몰라도 마음의 공부가 덜 된 것 같아!"

적을수록
좋은 것

우리 아이들이 느끼는 호기심을 잘 따라가다 보면 어떨 때는 놀랍기도 하고, 어떨 때는 얼토당토 않은 일들이 벌어지곤 한다. 그때마다 하지 말라고 혼내기보다는 한번 해 보라고 한다.

아이들이 해 보지도 않았는데 부모가 미리 제지하면, 몰래 시도하므로 더 위험한 것 같다.

어릴 땐 아이들이 높은 곳을 찾아 자꾸 올라가니까 동네 어른들이 위험하다며 자꾸 내려줬었다.

그러니까 더 자주 올라가려고 시도하고 누군가 못하게 막으면 울어 버렸다. 난 그냥 놔두었으면 좋겠다고 말했지만 이상한 엄마 취급당하기 일쑤였다.

대놓고 정신이 있느냐, 없느냐는 둥 어찌 그렇게 애를 방치하냐며 많이 혼났다.

부엌에 있는 위험한 도구들을 만져도 난 그냥 내버려 두었다. 어릴 땐 이수와 우태가 채소를 썰어 보고 싶다고 해서 양파도 썰고 감자도 썰게 해 주다가 집안 어른들한테 혼난 적이 있다. 위험하게 칼을 만지게 한다고. 그래도 난 그냥 두었다.

나는 아이들이 내가 밥을 준비할 때 종종 하고 싶다고 하면 야채 써는 일을 같이 하곤 했고, 지금도 우린 식사 준비를 함께하고 같이 먹고 함께 치운다.

가끔은 높은 곳에 올라가 남들이 보지 않는 시선에서 바라보고 내게 얘기한다.

"엄마, 여기서 바라보니까 내가 몰랐던 게 있었어. 그 밑에서는 절대 알 수 없어."

지금도 이수와 우태는 사다리를 놓고 지붕 위에 올라가 일출을 보기 위해 이불을 덮고 기다린다.

"엄마, 어마어마하게 예뻐. 해가 올라오는 거 말이야. 하늘도 구름도 얼마나 멋진지 몰라. 엄마도 한번 올라와 봐."

유담이와 유정이는 차 위에 올라가서 소꿉장난을 하고, 음악을 틀어 놓고 춤을 추고 노래한다.

어느 날 차를 타고 가는데 옆 차가 웃으며 손짓을 하는 것이다.

창문을 열어 뭐라고 하는 건지 몰라 쳐다보니 위를 한번 보라는 것이다.

난 차에서 내려 위를 살펴보았다.

유담이와 유정이가 소꿉장난하면서 놀던 밥상이 차 지붕에 떡하니 차려져 있었다. 진흙으로 밥상을 만들고 밥그릇에 반찬, 숟가락까지 올려

참 예쁘게도 차려놓았다.

그걸 보니 절로 웃음이 났다.

어떤 어른들은 우리 아이들이 다 제멋대로이니 규칙을 만들어서 아이들이 지키게 제대로 가르쳐야 한다고 말한다. 우리 집 아이들만큼 엉망인 아이들을 본 적이 없다고 말이다.

난 여전히 아이들에게 자유롭고 활기찬 생활을 할 수 있도록 해주고 싶다. 많은 규칙들로 아이들을 속박하면 어른들은 편해지겠지만, 아이들의 그 갇힌 마음이 언젠가는 어떤 식으로든 표출될 것이다. 자유를 주되 자기가 책임지지 않으면 안 된다는 것을 가르쳐 주고 싶다.

우리 집엔 규칙이 딱 세 개가 있다.

밥 다 먹기, 양치질 잘하기, 잘 시간에 자기.

하지만 잘 지켜지지 않는다.

"이제 잘 시간이야" 하면 약속한 듯 모두가 입 맞추어 한목소리로 얘기한다.

"조금만 더 놀다 자고 싶어."

또 사촌들이 놀러 오기라도 하면 함께 밤 12시를 넘길 때도 있고, 밤을 지새우고 싶다고 얘기한다. 지켜야 할 약속은 지키자고 얘기하면 알겠다 답하고는 더 오래 놀고 싶은 마음에 또 약속을 깬다.

어느 날 난 이제 그 약속은 안 하는 게 좋겠다고 실컷 놀아 보라고 했다. 이젠 말 안 하겠노라고. 하지만 아이들은 밤을 꼴딱 새우지 못하고 새벽 시간에 다들 어딘가에 쓰러져 자고 있었다.

다음 날, 다 함께 앉아 가족회의를 했다.

이수가 "엄마, 미안해. 약속을 못 지켜서. 이젠 일찍 잘게" 한다.

"이수야, 엄마도 어릴 때 하고 싶은 게 많았어. 그걸 다 해보지도 못하고 컸지만, 너희는 다 해보길 바라는 마음이야. 하지만 다른 사람들이 자는 시간에 너희가 하고 싶다는 마음만으로 떠들어 댄다면 누군가를 힘들게 하는 거잖아. 그 부분을 생각할 수 있어야 해. 자기의 행동에 책임을 지지 못한다면 그건 이미 자유로운 게 아닌 거라 생각해. 엄마도 생각을 해 보았는데 엄마라도 무작정 하지 말라는 약속은 분명 깨고 싶어질 거 같아. 그래서 월요일에서 금요일까지 너희들이 약속을 잘 지킨다면 일주일에 하루는 늦게까지 놀아도 된다고 규칙을 바꾸겠어."

"엄마, 고마워. 이제부터 약속 잘 지킬 거야."

아이들은 정말로 나와의 약속을 잘 지켜주었다.

재능

난 아이들이 점점 성장해 가는 것을 느낀다.

아이들은 저마다 반드시 좋은 점이 있고, 그것을 찾아내서 키워 주고 싶다.

그걸 능숙히 이끌어 내면 생각하는 것이나 꿈이나 상상력이 넘쳐나 정말 인간다운 인간으로 자랄 수 있을 거라고 생각한다.

'아이 넷 모두 하나하나 좋은 마음을 가지고, 각자의 꿈을 꾸고, 또 각자의 레일 위를 달려가겠지……'

어떤 아이라도 어른들이 놀랄 만한 빛나는 재능 수 십 가지가 온몸 구석구석에 숨어 있다고 생각한다. 그것들을 보물찾기 하듯 찾아내면 매우 흥미로운 일들이 생긴다.

그러지 않고, 그냥 묻어 두기만 하면 자기의 재능이 무엇이었는지도 모른 채 살아가게 되는 것이다.

무얼 먼저 발견하느냐에 따라 또 무엇이 더 내게 즐거운가에 따라 자기 길이 정해지기도 할 것이다.

난 어릴 때부터 그림 그리기를 좋아했다.

커 갈수록 학원이라는 곳이 궁금하기도 하고 더 깊이 배우고도 싶어서 엄마에게 얘기했다.

"엄마, 나 미술학원에 보내줘요."

"고등학교 시험에 붙으면 미술학원 보내줄게. 공부나 열심히 해."

난 그렇게 중학교 3년을 공부에 매달렸다.

매일매일 공부, 숙제, 공부, 숙제의 연속이었다.

중학교 때 재미난 추억이나 친구들, 선생님, 아무것도 기억에 없다.

아침 일찍 무거운 가방을 등에 지고 나와서 저녁 늦게 집으로 걸어가던 그 지겨운 길이 아직도 눈에 선하다.

난 고등학교가 전부인 줄 알았다.

고등학교만 합격하면 다 끝난다고 생각했고, 내가 좋아하는 미술도 할 수 있다고 생각했다.

막상 고등학교를 가고 나니 이젠 대학을 가기 위해서 중학교 때보다 더 열심히 공부해야 된다고 했다.

억울했다. 내가 원하는 길을 가고 싶어도 이미 어른들이 정해 놓은 길을 벗어날 수 없었다. 대학을 가고 나서야 알았다.

내게 숨어 있는 재능이 많았다는 사실을…….

아마 어려서부터 여러 가지 많은 가능성들에 대해 이야기도 듣고 접할 수 있는 기회가 있었더라면 지금과는 또 다른 삶을 살고 있지 않을까 생각한다.

난 아이들이 각자의 숨은 재능을 잘 발견하고, 그것들을 소중히 키워 나가기를 바란다.

자신에게 있는 능력이 자신의 인생을 펼쳐 나갈 때 도움이 될 거라 생각한다.

아이들은 그렇게 독립할 수 있는 사람이 될 것이다.

꿈을 꾼다는 것은 살아 있다는 것이다.

어른이 되어서 꿈과 정열을 가슴속에 가질 수 없게 된다면 얼마나 슬픈 일일까.

어떤 꿈일지라도 해 보고 싶다는 생각이 들면 해 보았으면 좋겠다.

그게 어떤 일이라도……. 세상 사람 모두가 비웃어도 상관없다. 난 아이들의 꿈을 믿어줄 것이다. 그것이 나의 소명이라고 생각한다.

우태의
꿈

어느 날 갑자기 우태가 나를 불러 이야기한다.

"엄마, 나 커서 택배 아저씨가 되고 싶어."

"그래? 무척 힘든 일인데 괜찮겠어?"

"응, 난 하나도 힘들지 않아!"

"그런데 왜 택배 아저씨가 되고 싶은데?"

"사람들은 택배 받으면 좋아하잖아. 나도 사람들을 행복하게 해 주고
싶어."

다음 날 초인종 소리에 난 화장실에 있다 말고 부리나케 뛰어나갔다.

"누구세요?"

"택배 왔습니다."

"네."

하고 문을 여는데 환하게 웃는 얼굴로 우태가 서 있지 않은가.

어떤 꿈일지라도 해 보고 싶다는 생각이 들면 해 보았으면 좋겠다.
그게 어떤 일이라도……,
세상 사람 모두가 비웃어도 상관없었다. 난 아이들의 꿈을 믿어 줄 것이다.

이수가 옆에 있다가

"엥? 너가 말한 거야? 정말 택배 아저씨가 오신 줄 알았잖아! 좋다가 말았네" 한다.

"연습해야지!"

진지한 표정으로 다음 날도 또 그다음 날도 우태는 일부러 굵고 큰 목소리를 내어 "택배 왔습니다!" 한다.

아침에 자고 일어나도 "택배 왔습니다."

밥 먹다가도 "택배 왔습니다."

이수가 귓속말로 "엄마, 우태가 언제까지 저럴까?" 한다.

"글쎄, 우태는 진지해. 하고 싶으면 하는 거야."

유담이는 "오빠, 이제 그만해. 시끄러워. 진짜 선물도 안 주면서!" 한다.

10년, 20년 후에 우태는 어떤 어른이 되어 있을지 갑자기 궁금했다.

건강하게 자라 준다면 그것으로 됐다고 생각하고 있지만, 자기의 인생을 어떻게 펼쳐 나갈까 궁금했다.

"엄마, 우태가 진짜 택배 아저씨가 되고 싶어서 저러는 걸까?"

"언젠가 분명 우태의 꿈이 현실이 되는 날이 올 거야. 그게 택배 아저씨일지, 다른 꿈일지 몰라도 세상 사람들 모두가 비웃어도 상관없어. 나는 우태의 꿈을 믿어줄 거야."

그날 우태가 자다 말고 버럭 소리를 질러서 우리는 깜짝 놀라 벌떡 일어났다.

"택배 왔습니다!"

사람다운
느낌

난 아이들이 일찍부터 배웠으면 하는 것이 있다. 그것은 '느낌'이다.
내가 말하고자 하는 이 '느낌'은 마음이 얼어붙지 않는 것이다.
맹자가 말한 '측은지심'처럼, 우물로 기어가는 한 아이가 툭 굴러떨어
지는 것을 보고 돌이 굴러가나 보다 하고 생각한다면 그것은 사람의
마음이 아닌 것이다. 이런 상황을 보면 내가 일부러 생각하려 하지 않
아도 마음에서 '앗' 하고 입이 먼저 벌어지고 놀란 가슴을 쥐고 있어야
사람이라 할 수 있지 않은가.
그렇지 않으면 느낌이 마비된 사람이다.

가장 소중한 것은, 느낄 줄 아는 것이다.
남의 고통을 나의 고통으로 삼을 줄 알고, 남이 나에게 해서 싫은 건 내가
남에게 하지 않게 되고, 내가 원하지 않는 것을 남에게 베풀지 않는다.
난 이수가 많은 지식을 쌓기보다 자연, 동물, 식물, 사람은 말할 것도

없이, 살아가면서 접하게 되는 많은 일들 속에 느낄 수 있는 심미적인 감성을 바르게 잘 표출했으면 한다.

그래서일까? 난 어릴 때부터 이수와 참 많은 이야기를 나누었던 것 같다. 이수가 말도 못하는 아기일 때부터 내가 느끼는 감정을 이야기했고, 우린 눈빛으로 이야기하며 같이 성장해 나갔다. 떨어져 있을 땐 텔레파시로 마음을 주고받았다.

이렇게 이야기하면 참 유별난 엄마라고 말할 수도 있겠지만, 내가 이수를 낳았던 그 당시에 난 참 외로웠다. 이수 아빠의 직장을 따라 처음 보령이라는 곳에 살게 되었는데, 주위에는 논밭만 있고 외딴 곳에 덩그러니 사택이 있었다.

밤이면 논에서 개구리 우는 소리가 어찌나 큰지 잠을 설칠 때도 있었고, 이수 아빠가 들어오지 않는 날이면 그날 하루는 어마어마하게 긴 하루가 되어버리곤 했다.

남편이 올 때까지 오롯이 이수와 내가 단둘이 그곳에 지내야 했는데, 신참 주부에 초보 엄마인 내가 그저 아기를 키운다고 바둥거릴 때에도 아무도 없이 우리 둘뿐이었다. 그렇게 우린 서로 의지하며 긴 시간을 보냈다.

알아듣는지 못 알아듣는지 가늠할 수 없는 이수에게 나 혼자 수다를 떨며…….

그렇게 보내온 시간들 속에 어느새 이수는 커 갔고, 드디어 나와 이야기를 나누게 되었다. 그런데 놀랍게도 내가 했던 얘기를 이수가 이미 알고 있는 것이 아닌가!

어느 날 이수와 이야기를 나누던 중 갑자기 이런 얘기를 했다.

"옛날에 엄마가 다 한 얘기잖아!"

"언제?"

나조차도 기억이 가물가물한 이야기를 기억하고 있다니, 놀랍기도 했고, 살짝 우려도 되었다.

가만히 생각해 보면 그건 이수가 젖먹이 때인데 정말 다 들은 걸까, 지금도 알 수가 없다.

아이 넷 중에 가장 나와 시간을 많이 보낸 이수는 이렇게 조금씩 커서 이젠 다른 사람의 마음도 헤아리고, 어떤 상황에서도 역지사지할 줄 아는 아이로 커 가고 있다.

난 이렇게 쭉 이수가 느낄 줄 아는 사람으로 커 가길 바라고 있다.

나뿐만 아니라 다른 모든 것들에 대해 골고루 느낄 줄 아는 감수성, 세상 밖으로 나와서는 다정스러운 사람이 되어 어진 사람으로 성장할 수 있으면 좋겠다.

내가 잘하고 싶으면 먼저 남을 사랑해 주고, 내가 서고 싶으면 남을 서게 해주는 이러한 모든 것이 느낌이다.

지식이 삶의 가장 큰 가치가 될 수 없다고 생각한다. 공자의 논어 「학이」 편에 보면, '행유여력즉이학문行有餘力則以學文'이라는 말이 있다.

풀어 설명하자면,

젊은이는 집에 들어가서 효도하고, 나와서는 공손한 사람이 되어라. 어진 사람과 가깝게 하려고 노력하여라. 어진 사람과 벗할 줄 모르면 글을 배워서 뭣하겠는가. 그것을 실천하고 여력이 있거든 글을 배워라.

난 아이들이 이런 사람다운 '느낌'을 먼저 배우길 바란다.

이수의
두 번째 이야기

이수와 서귀포를 갔다가 집에 돌아오기 전에 꽤나 유명하다던 카페에서 커피를 사기 위해 들러본 적이 있다.

그 카페는 다른 곳보다 10배는 더 넓어 보였고, 천장도 훌쩍 자란 키큰 삼나무만큼 높아 보였다. 내 눈엔 그랬다. 이수는 따뜻한 코코아를, 나는 부드러운 카페라테를 주문하려고 줄을 섰다.

꽤나 넓은 공간에 사람들이 제법 다 차 있었으니 얼마나 많은 사람들이 이곳에 차를 마시러 왔는지 알 수 있었다.

연인들도 많고 가족들도 많았다. 동네 주민보다 제주도를 관광하다가 일부러 이곳에 들른 사람들이 더 많아 보였다.

이수가 나를 툭툭 쳤다.

"엄마, 좀 이상하지 않아? 사람들이 왜 서로의 눈을 바라보며 이야기를 하지 않고, 각자 핸드폰만 보고 있지? 이렇게 많은 사람들이 모조리 말이야."

그러고 보니 다들 한 손에 핸드폰만 쥐고 그것만 바라보고 있는 게 아니는가. 이수는 또 얘기했다.

"이렇게 예쁜 곳에 와서 볼 것도 많은데. 그리고 가장 중요한 건 같이 있는 사람 아니야? 같이 와서 차 마시고 얘기하러 왔지, 핸드폰만 볼 거면 혼자 오지 뭣하러 같이 와? 그리고 제주도 구경하러 와서 왜 핸드폰만 구경해? 그럴 거면 여행을 왜 와? 참 이상하다."

한 살 더 먹었다고 이제 훈계까지 하네 싶어,

"다들 바쁜 일이 있을 수도 있잖아. 요즘은 다 핸드폰으로 연락들을 하고 메시지를 주고받으며 일하기도 해."

"저기 저 이모, 삼촌은 같이 마주 보고 앉아서 각각 게임하는 건 뭐야, 엄마?" 한다.

난 할 말이 없어졌다.

"그건 말이야……. 그렇지, 잠깐 쉬는 거지……. 맞아, 쉬는 거야."

그러나 내가 봐도 이렇게 넓은 카페에 어쩜 다들 저러고 있을까, 마음이 심란했다.

집으로 가는 내내 많은 생각이 들었다.

예전에 내가 처음 본 핸드폰은 시커먼 무전기보다 더 뚱뚱한 전화기였는데, 그때 지하철역에서 어떤 아저씨가 "여보세요" 하고 큰 소리로 전화를 받고 있기에 신기해서 한참을 바라봤던 기억이 난다.

카페를 나와 길을 따라 걸어 나오는데 오래된 공중전화 부스가 눈에 띄었다.

아무도 들어가보지 않은 탓에 거미줄이 쳐져 있었다.

대학교 다닐 때 생각이 났다. 공중전화 부스에 줄을 서고 내 차례가 되면 뒷사람이 기다릴까 봐 동전을 급하게 넣고는 전화를 돌렸는데 전화를 안 받아서 다시 끊고 줄을 섰던 기억, 동전 떨어지는 소리가 찰칵찰칵 나곤 했었는데…….

그때는 그렇게 연락을 하고도 하나도 불편함 없이, 바쁠 것 없이 살았던 것 같은데 말이다.

찻집에 가면 서로 얘기하고 웃고 떠들며 내는 삶의 소리까지 참 맛있었는데……. 지금은 누굴 만나 서로 마주 보고 앉아 있어도 핸드폰 보는 게 반이다.

누구한테 메시지라도 오면 답을 해줘야 하고, 그 사람과 계속 주거니 받거니 하느라 정작 앞에 앉아 있는 사람에게 소홀하게 되는 경우가 허다하다.

그렇다고 "그것 좀 그만할 수 없어?" 하고 말할 수도 없는 노릇이다.

'그것 하나 이해 못하고 저렇게 얘기하는 건 참 별로야' 하고 무언의 절교를 선언할지도 모르는 일이니까 말이다.

내가 생각하기에 모든 일은 습관이다.

한 번 두 번 여러 번을 하다 보면 몸에 배고 아무렇지 않은 게 되어버린다.

그게 일상이 된다.

새로운 물건 하나로 세상은 급속도로 변화가 오고, 사람들의 행동에도, 생각에도 변화가 온다.

변화가 나쁜 건 아니지만, 중요한 걸 놓치고 산다면 그 변화는 조금 생각해 봐야 하지 않을까 하는 생각이 들었다.

어느 날 나도 모르게 핸드폰을 들여다보고 있는데 어느새 한 시간이 훌쩍 넘어가고 있었다. 하루 동안 보내야 하는 시간들 속에 핸드폰을 들여다보는 시간이 한참을 차지하고 있는 게 아닌가. 이수가 했던 말들이 다시 떠올랐다.

'바로 앞에 앉아 있는 사람이 중요한 거 아니야?'

'그래 맞아. 사람이 중요하지. 기계에 의존해 불편함 없이 지내는 건 좋지만, 과해지면 불편해서 재미있는 것과 조금 더 가치 있는 것들이 사라진단다.'

어느새 이수가 두 번째 책을 써 보겠다고 글을 써서 가져왔다.

"엄마, 사람들이 움직이지 않으면 어떻게 되는지 알아?"

"글쎄!"

"먹기만 하고 편하게만 살려고 일을 안 하면 살만 찌는 거야. 정도가 지나치면 미래에는 사람들이 다 오름처럼 거대해질 거야."

그러고 보니 그럴싸한 이야기인 것 같은데……. 저 아이가 이 이야기를 어떻게 풀어 가려고 또 책을 쓴다고 할까.

'첫 번째 책처럼 또 천 권을 내서 나가서 판다는 소리는 안 하겠지?'

속으로 겁이 났다.

드디어 두 번째 책을 다 썼다며 보여 주었을 때, 그날로 핸드폰을 없애

버렸다.

조금 더 깊게 나의 시간을 들여다보고, 조금 느리더라도 옛날엔 가치 있고 즐거웠던 편지로 소통하고, 무엇보다 함께 있는 그 사람에게 집중하고 그 시간을 의미있게 보내기 위해서이다.

이수 말대로 사람이 중요하니까…….

배우고 익히지 않으면
모르는 것

남편은 나와는 달리 기존 교육체계에 잘 적응해 여러 가지 관문을 잘 통과한 사람이다.

초등학교 시절부터 학생회장을 거쳐 중고등학교 시절에도 좋은 성적을 받고 큰 탈 없이 학창 시절을 보내고 원하는 전공으로 좋은 대학에 진학해, 졸업 후 괜찮은 직장에 다니고 있는 사람이다.

나에게는 힘겹고 고단했던 고등학교 시절이었지만, 남편은 즐겁게 학교를 다녔고 심지어는 일요일에도 학교에 가서 공부했다고 한다.

이렇게 결혼 전에는 부족한 것 없이 좋아만 보이던 남편에게서 무언가 결여된 점이 조금씩 보이기 시작했다. 그건 바로 나의 생각과 감정에 대해 공감해 주지 않는다는 것이었다.

여러 가지 이야기를 나누다 보면 어느새 난 답답하고 화가 나기 시작했다.

남편은 내 이야기를 안 듣거나 이해하지 못하는 것도 아닌데, 어떤 이야기든 해결책만 찾으려 하고, 위로보다, 질책하거나 충고하는 것이 아닌가. 난 해결해 주기를 바라기보다 내 마음을 알아주고 나를 달래줄 수 있는 말을 해 주기를 바란다고 이야기를 해도 그는 쉽게 바뀌지 않았다.

학교에서 알려주는 지식을 습득하고 시험을 치르며 서로 경쟁해서 이기는 방법, 더 빠르고 경제적인 해결책을 찾아내는 일들에 늘 관심을 가지고 살아온 그의 인생을 이해하지 못하는 것은 아니다. 하지만 가족에 대해서는 그런 태도를 벗고 우리를 따뜻하게 보듬어 주는 남편이었으면 하는 바람이 있었다. 그리고 무엇이든 논리적으로, 이성적으로만 대하고 해결하려고만 하는 남편이 냉정해 보이기까지 했다.

남편과 그런 차이 때문에 다툼도 많았지만 끊임없는 대화로 이제야 조금이나마 내가 하는 이야기를 알아듣기 시작한 남편을 보고 '애들 키우기도 힘든데, 이렇게 다 커버려서 습관이 다 배어버린 고집스런 아이를 하나 더 교육한다 생각하니 힘들어죽겠다'라고 한숨을 쉰다. 그리고 우리 아이들에게는 아빠처럼 경쟁에서 뒤처지지 않는 것보다는 다른 사람의 마음을 공감할 수 있는 능력을 가지는 것이 훨씬 더 중요하다고 가르치고 있다.

자라나는 아이들에게 서로 돕고 힘을 합쳐서 함께 살아가는 방법을 가르치지 않고, 서로 싸우고 이겨서 살아남는 방법만 가르친다면 어떻게 그 아이가 상대방의 아픔과 슬픔에 공감할 수 있겠는가?

처음에는 그런 공감하는 능력이 있었다 하더라도 계속되는 경쟁과 도태의 삶이 계속된다면 아이들은 병들어 가고 결국 자기만 알고 남을 밟고 올라서는 사람으로 자라날 수밖에 없을 것이다.

우리 아이들이 정말 행복하게 살아가기를 바란다면 우리 아이들에게 가르쳐야 하는 것은 국어, 영어, 수학 이전에 서로의 감정을 읽고 상대방의 마음을 이해하려고 노력하는 자세와 공감하는 능력을 키우는 것이 아닐까? 공감이야말로 배우고 익히지 않으면 모르는 것이란 생각이 든다.

남편도 지금은 이렇게 이야기를 한다.

"일 잘하는 나는 그냥 현장에서 실무를 하고, 다른 사람의 마음을 잘 알아주고 직원들을 화합시켜 이끌어 나갈 수 있는 사람들이 리더가 되어야 하는 게 맞는 것 같아. 우리 집의 리더도 아이들 마음 잘 알아주는 사람, 바로 당신이야. 잘 부탁해."

제주도가
변했다

이수가 화를 낸다.
매일 집에 돌아오면 나무가 하나씩 없어진다며 걱정을 한다.

우태도 화가 났다.
거리에 쓰레기가 넘쳐서 비닐봉지 가득 주웠는데도 티도 안 난단다.

유담이도 화가 났다.
개천에 지독한 냄새가 나서 코를 막고 그 길을 지나야 된다는 것이다.

아이들은 자연을 보며 아름다운 세계에 빠져든다. 그런 자연이 지금
죽어 가고 있다.

제주도는 우리가 왔을 때만 해도 참 아름다운 섬이었다.

아이들이 자연과 함께 숨 쉬고 있는 게 느껴진다고 말할 정도로 정말 늘 가까이에서 관찰할 수 있는 자연의 모습이었다.

높은 건물이 없으니까 하늘이 늘 가까이에 있는 듯해서 아침저녁으로 다채로운 하늘빛을 감상하는 쏠쏠한 재미가 있었다.

가장 좋은 건 차들이 많지 않아서 아이들이 뛰어다녀도 덜 위험하고 근처 바다로, 산으로 가기에 다 가까워서 언제라도 나들이가 가능했다.

그러나 지금은 아니다.

하루가 다르게 건물이 지어지고 높은 건물 때문에 늘 지켜볼 수 있었던 풍경이 하나씩 사라져갔다.

아파트가 늘어 가고 빌라가 즐비하며 길가엔 모조리 차들이 주차해 있어서 아이들 나들이가 위험해졌다.

제주도에는 레미콘이 바쁘게 돌아다닌다.

레미콘이 모자라서 몇 달을 대기해야 할 정도라고 한다.

가는 곳마다 늘 공사, 또 공사였다.

그리고 금방 새로운 건물들이 지어진다.

제주도는 변했다.

어느 도시와 마찬가지로 복잡하고 시끄럽다.

이젠 그만했으면 하는 마음이 간절하다.

세상이 편해진다고 해서 발전하는 거라고 생각하지 않는다.

개발도 불편하지 않을 정도만 했으면 좋겠다.

사라져 버리면 다시 찾을 수 없는 것들을 보존하기 바라고 있다.

너무 쉽게 없애지 말았으면 좋겠다.

이수가 말한다.

"나무도 베이면 죽는 건데, 왜 나무한테는 관심이 없지?"

세상이 편해진다고 해서 발전
하는 거라고 생각하지 않는다.
개발도 불편하지 않을 정도만
했으면 좋겠다.

유정이와의
전쟁

유정이가 집에 처음 오던 날이 생각난다.

이수, 우태, 유담이 모두 유정이를 반겨주고, 기뻐하였다.

우태는 유정이를 안고 뒹굴기까지 하고, 유담이는 계속 손을 끌어 당겨 같이 놀자고 했다.

처음 며칠은 유정이가 너무 조용한 것 이외에는 별문제 없는 아이라고 생각했다. 그런데 갑작스럽게 시작된 유정이의 이상 행동에 우리 모두는 놀라고 말았다.

아침에 눈을 떠보니 온 집안이 비가 온 것처럼 젖어 있었다. 유정이가 정수기에서 물을 받아 그 물을 계속 뿌리고 있었다. 또 어느 날은 밥을 먹다가 유정이가 그릇을 떨어뜨려 깨지고 말았다. 난 괜찮다고 하고 뒤돌아서는데, 계속 깨지는 소리가 났다. 식탁에서 접시를 하나씩 떨어뜨리며 웃고 있는 것이 아닌가. 아직 어린 유담이가 울기 시작했다. 유담이의 발바닥에서 피가 뚝뚝 떨어지고 있었다. 유담이를 안고 응급실로 뛰어갔다. 핀셋으로 유리 파편을 뽑을 때마다 유담이는 고래고래 소리를 지르며 울었다. 그 아픔이 고스란히 전해져 아직도 나는 아프다.

하루는 아버지가 안마할 때 쓰라고 가져다 주신 나무망치를 유정이가 들고 우태 머리를 내리쳤다. 우태가 얼마나 울었던지 그날도 난 병원으로 뛰어갔다. 머리를 맞아서 CT를 찍어봐야 한다고 했다.

웬만하면 울지 않는 이수가 유정이 때문에 어마어마하게 크게 울던 날도 있었다. 이수의 첫 번째 책《꼬마악어 타코》원화를 클리어파일에 끼워서 넣어 놓았는데 그 그림들을 한 장 한 장 유정이가 꺼내서 검정색 크레파스로 낙서를 해놓았다. 이수의 첫 번째 책 원화는 그렇게 사라졌다.

너무나 혼란스러웠다.

유정이를 다시 바라보게 되었다.

'어떤 게 유정이의 진짜 모습인지 모르겠어. 내가 이런 아이를 데리고 온 거야? 어떡하지?'

인천에서 지내고 있는 남편에게 전화를 걸었다. 뭐라 말해야 좋을지 모르겠지만 난 지금 매우 혼란 속에 빠져 있다고 얘기했다.

직접 보지 못한 남편은 편안하게 얘기했다.

"유정이가 보육원 안에서 표출되지 못한 것들이 한꺼번에 쏟아져 나오나 보다. 가슴속에 꽉 차 있던 응어리가 터지고 있나 보다. 유정이는 '안 돼'라는 말을 얼마나 많이 들어왔겠어? 그러니 그냥 당분간 내버려

뒈보자" 하는 것이다.

전화를 끊고, 난 더 혼란이 왔다. 한참을 멍하니 생각에 빠졌다. 어떻게 생각을 정리해야 옳은 건지 판단하기가 참으로 어려웠다. 한참을 쭈그려 앉아 생각하고 또 생각했지만, 어떻게 생각해도 나의 결론은 이랬다. '유정이는 이제 내 딸이고, 여기가 집이다. 유정이는 갈 곳이 없다. 이제부턴 내가 엄마다. 어디 한번 해보자.'

아침에 일어나 아이들 셋을 먼저 챙겨 어린이집에 보내주고 유정이와 손을 잡고 이곳저곳 돌아 다녔다.

둘이 카페에 앉아 유정이가 좋아하는 요거트를 시켜놓고, 말을 못하는 유정이한테 나의 이야기를 늘어놓았다. 이수가 아기 때 못 알아듣더라도 재잘거렸던 그때의 그 엄마가 되어 그냥 이야기했다. 매사에 유정이에게 반복적으로 말을 하여 유정이가 인지할 수 있도록 하기 위함이었다.

그러나 유정이는 끄떡도 하지 않고, 다시 접시를 밀어 깨뜨렸다.

'마음을 내려놓아야 해, 나윤아.'

혼자 속으로 참 많이 되뇌며 나를 위로했다.

인천에서 남편이 온 날, 아이들은 아빠가 왔다고 소리를 지르며 좋아했다.

보름에 한 번 남편이 오면 꽉 차 있던 시름이 나도 모르게 한숨으로 나오는지, "많이 힘들었나 보네. 한숨을 참 많이도 쉬네"라고 남편이 말했다.

"유정이는 좀 어때? 아직도 그래?"

"쉽게 끝날 전쟁이 아닐 것 같아"라고 대꾸를 하니 남편이 이렇게 말했다.

"그래도 우리 '안 돼'라는 말은 유정이한테 하면 안 될 것 같아. 유정이가 얼마나 보육원에서 힘들었으면 그러겠어?"

"알았어."

남편의 말을 듣고 '맞아. 유정이가 얼마나 힘들었으면……' 하는 생각을 하니 유정이가 안쓰러워 보였다. 하지만 해서는 안 되는 행동조차 허용할 수는 없기 때문에 가르쳐야 했다.

아빠가 있어서인지 아이들은 평소보다 더 신이 나 있었다. 가만히 유정이를 관찰하던 남편도 조금씩 유정이의 행동이 이상하다고 느꼈는지,

"아이고, 이 정도일 줄은 몰랐는데 네가 많이 힘들겠다. 나도 짜증이 막 올라오려고 하는데 매일 보고 있는 네가 어땠을지……."

난 그동안 힘들었던 일들과 마음을 털어놓았다.

남편은 듣고 있다가 "그래 맞아. 겪어보지도 않고, 말만 듣고 이성적으로 누군가에게 하는 충고나 상담은 쉬운 법이야. 다음엔 진지하게 얘기 들을게. 뭐든 함께 고민해보자"라고 말해주었다. 이런 남편의 말은 나 혼자 힘들거나 참거나 하지 않아도 된다는 큰 위안의 말로 와닿아 한결 마음이 가벼워졌다.

그러나 우리가 이해할 수 없는 유정이의 행동은 계속되었고, 모두의 심장이 내려앉을 만한 일이 터지고 말았다.

유정이가 우태를 찻길로 밀어버린 것이다. 얼마나 놀랐던지 그날을 잊지 못한다. 하마터면 우태를 잃어버릴 수도 있었기 때문에 생각조차 하기 싫은 순간이다.

유정이에게 나쁜 마음이 있던 것은 아니다. 그 아이는 찻길과 인도를 구분하지 못하고 차가 씽씽 달려와도 자기가 가고 싶으면 그냥 찻길로 내려가 걸어간다. 그런 유정이에게 우리는 끊임없이 찻길이 위험하다는 것을 가르쳤고, 3년이 지난 지금도 그 습관이 남아 있다.

처음 유정이가 우리 집에 온 날이 유담이 나이 세 살 때다. 유정이가 왔다고 마냥 좋아하던 유담이가 갈수록 "유정이 싫어"로 바뀌어가고, 그렇게 유정이를 좋아라 하던 다섯 살 우태도 "유정이, 무서워!"라고 말한다.

유정이가 컵을 던지고, 밥을 쏟고, 소리를 지르면 아이들 셋이 귀를 막고 말한다.

"엄마! 유정이는 목소리가 너무 커서 귀가 아파!"

유정이가 온 이후 유담이가 우는 일이 잦아져서 이상하다고 생각했는데 우연히 유정이가 유담이 허벅지를 몰래 계속 꼬집는 광경을 목격했다. 유담이가 아직 말을 조리있게 하지 못하니 답답해서 울기만 했던 것이다.

이수 나이 일곱 살, 지쳐서 가만히 앉아 있는 나를 보고 무언가를 생각하더니 말했다.

"엄마! 유정이를 많이 안아주자. 유정이가 보육원에서 사랑을 못 받아서 그런 것 같아."

난 눈물이 났다. 이수 말을 들으니 가슴이 따뜻해졌다. 작은 용기가 올라왔다.

"아, 그렇구나. 맞아, 그렇구나. 엄마가 그걸 깜빡했구나. 이수야! 네가 엄마 옆에 있어서 엄마는 힘이 된다. 고마워. 정말 고마워. 유정이가 그렇게 너를 힘들게 하는데도 그렇게 얘기해 주니 엄마가 부끄럽다."

이수를 부둥켜안고 엉엉 울었다.

언제나 나의 친구 같고, 스승 같은 아들 이수가 나에게 이런 용기를 주지 못했다면 엄마로서 인내를 가지고 해야 하는 공부를 하지 못했을 것이다.

이 글을 쓰고 있는 지금, 몇 년 동안 헤쳐 나온 시간들을 다시 생각하니 눈물이 나고 마음이 저려온다. 난 아직도 부족하고 엄마로서 해야 할 공부가 많음을 느낀다.

유정이가 오고 나서 난 장애아 부모님들의 마음을 작게나마 헤아릴 수 있게 되었고, 나 또한 이제 장애아의 부모이자 모든 아이들의 부모로서 오늘도 힘을 내려고 일어선다.

도대체
어떻게 할까요?

난 머릿속이 혼란스러웠다. 유정이가 오고부터 이수, 우태, 유담이의 행동에 변화가 오고, 우리 집엔 없던 폭행이 생겼다.

살이 통통한 유담이의 등을 유정이가 지속적으로 꼬집어 상처투성이가 되었고, 그 광경을 목격한 우태는 유정이를 막기 위해 반사적으로 때리고 좋아하던 마음까지 식어서 싸늘한 눈으로 유정이를 바라보고 있었다. 이수는 하루 종일 만든 물건을 유정이가 발로 밟아 버려서 한순간에 부서져 버리는 걸 보고 그 순간 화는 못 내고 주먹을 움켜쥐고 혼자 바르르 떨며 눈물을 주르륵 흘리기도 했다.

머릿속이 깜깜했다.

'도대체 어떻게 해야 할까요? 전 정말 모르겠어요. 어떻게 해야 아이들 모두 상처를 덜 받고 함께 헤쳐 나갈 수 있을까요?'

난 하느님께 마음속으로 묻고 또 물었다.

'유정이를 가여워하는 마음이 더 앞서서 보살펴 줘야겠다고 데려왔는데 나머지 아이들이 받는 스트레스와 상처는 생각지 못했다. 그때까지만 해도 유정이가 지금과는 완전히 달랐는데……. 왜 유정이가 이런 아이라는 것을 내가 알아채도록 하지 않으셨을까?'

난 신을 원망하고, 내 자신을 원망했다.

이 지구상에 힘들고 아픈 이들도 있으니 함께 생활하고 서로 도와가며 살아야 한다고 생각했고, 우리 아이들도 커 가면서 그런 생각들을 하기를 바랐다.

하지만, 이렇게 슬퍼하는 이수, 우태, 유담이를 보면서 방황이 시작되었다. 늘 웃음이 가득하던 아이들이 때때로 화를 내고 소리를 지르며 짜증이 늘어가고, 유정이가 또 무슨 일을 저지를까 먼저 "저리 가! 가라고!" 하고 소리를 질러댔다.

난 슬펐다. 내가 생각했던 가족은 이런 게 아닌데 앞이 깜깜했다. 앞으로 이 아이들을 어떻게 키워 나가야 할까 난 크나큰 벽에 부딪히고야 말았다. 몇 날 며칠을 생각하고 또 생각해도, 답을 찾을 수가 없었다.

우리 집에 손님이 오면 늘 먼저 안아 주는 건 유정이다.

사람들은 유정이가 입양한 아이여서 불쌍하다며 유정이를 안아 주고 밥도 먹여주고 유정이에게만 말을 건다.

뒤에서 바라만 보고 있는 유담이는 "네가 유정이한테 좀 잘해줘"라는 말까지 듣는다.

그리고 남편과 나에게 "유담이는 낳은 자식이니 알아서 잘 하시겠지만, 유정이는 유담이보다 좀 더 신경 써주세요"라고 하신다.

가족 외에 다른 사람이 오면 이상하게도 얌전하게 변해 있는 유정이를 보면 신기하기까지 했다. 보육원에서 내가 알던 유정이로 다시 돌아가 있는 것이다.

유정이가 태연히 다른 곳을 쳐다보면서 우태를 꼬집어서 반사적으로 유정이를 밀면 사람들이 우태를 혼낸다. 불쌍한 유정이를 잘해주지는 못할망정 때리기까지 한다고. 예전 같으면 나도 눈에 보이는 것만 판단하여 이수, 우태, 유담이를 혼냈을 일이지만 이젠 알고 있으므로 그럴 수 없다. 그러나 이런 집안 사정을 다 이야기할 수도 없고 답답한 상황이 자꾸 일어났다.

당장 아이들이 상처받지 않아야 하고, 왜 그런 행동을 하게 되었는지 마음부터 헤아리는 게 먼저였다.

난 우태에게 다가가서 "우태야, 엄마는 알아. 우태가 왜 화가 났는지 왜 그랬는지……. 사람들이 뭐라고 해도 난 우태 마음 알아"라고 했다.

"엄마! 으앙……."

우태는 온몸을 던지듯 안겨서는 한참을 울었고, 나는 꼭 안고 마음을 쓰다듬어 주었다.

그리고 난 말했다. "하지만 이제부터는 때리는 거 말고 말로 했으면 좋겠어."

고개를 끄덕끄덕 하는 우태의 눈빛은 여전히 선하다. 우태에게 미안하고 고마웠다.

난 곧바로 다른 곳을 계속 보고 있는 유정이를 여러 번 불러서 내 눈을 바라보게 하고 얘기했다.

"유정아, 이젠 안 그래도 돼. 이수, 우태, 유담이 모두 유정이 좋아해. 꼬집지 않아도 우리는 유정이 편이야. 우리는 가족이야."

옆에서 우태가 "엄마, 유정이는 못 알아듣는다고!"하며 답답하다는 듯이 말했다.

"이수야, 우태야, 유담아! 우리 유정이가 못 알아듣는다고 포기하지 말자. 유정이는 우리와 다른 곳에서 다른 생각들을 하며 자라났기 때문에 이렇게 하는 게 맞다고 알고 있나 봐. 유정이가 꼬집고 때리고 무는 것은 너희가 싫어서가 아니라 분명 다른 이유가 있어서 그런 걸 거야. 우리가 도와주자."

이렇게 얘기하니 아이들 모두 서로를 번갈아 바라보다가 이수가 말문을 열었다.

"엄마 말 듣고 보니까 그런 것 같아. 우리가 도와주자."

우태도 유담이도 말했다. "우리가 도와주자."

난 아이들에게 고마웠고, 또 고마웠다.

"그럼 우리, 팀을 만드는 거야. 유정이가 유담이를 물려고 할 때는 재빠른 우태가 막아 주고, 이수가 유담이를 한번 안아주고 엄마한테 데려다주는 역할을 맡자. 그리고 꼬집을 때는 유정이에게 반격하지 말고, '이렇게 하면 나빠!' 하고 가르쳐 주는 거야. 화가 날 때면 얼른 엄마한테 달려와서 '나 화났어' 하고 말해주고. 그러면 엄마가 꼭 안아주고 화 풀어 줄게."

이수, 우태, 유담이는 한꺼번에 나에게 안겨서 지금까지 유정이로 인해 힘들었던 이야기 보따리를 한참 풀어내며 울다가 웃었다. 이제 우리 가족 모두는 더 강해질 것이다. 계속 노력할 거니까.

가족회의

우리 집은 늘 얘기를 나눈다.

각자의 이야기를 나눈다.

그리고 함께한 이야기, 함께 할 이야기 그리고 서로의 생각을 나누고
그 마음을 함께 안아준다.

가족회의는 일주일에 두 번, 또 긴급회의도 있다.

매주 돌아오는 이 시간에 할 얘기를 하기 위해 메모를 해두기도 하고,
억울하거나 속상한 이야기들은 긴급회의를 통해 하기도 한다.

내가 초등학교 때로 기억한다.

엄마에게 내가 먼저 "우리도 가족회의라는 걸 했으면 좋겠어요"라고
말한 적이 있다.

난 그때 아주 간절했다.

하고 싶은 말이 너무나도 많았기 때문이다.

집에서 일어나는 일들에 대한 불편한 점과 엄마, 아빠에 대한 불만, 학교에 대한 불만, 친구에 대한 고민, 공부에 대한 고민 등 뱉어 내고 해결하고 싶은 욕망이 너무나 컸는데 난 아직도 해소되지 않은 채 이만큼 커 버렸다.

그때 엄마는 청소를 하느라 바빴고 내 말에 대꾸도 안 하셨다.

일주일이 지나고, 다시 얘길 했다.

우리도 가족회의를 하자고.

엄마는 이렇게 얘길 하셨다.

"가족끼리 무슨 회의가 필요하냐?"

난 열심히 설명했다.

"일주일에 한 번, 한 달에 한 번이라도 각자의 얘길 하고, 해결하고 싶은 일들은 서로 도와주고, 마음도 위로해 주고 하면 안 돼요?"

"아이고, 됐다. 공부나 열심히 해라."

난 실망했고, 또 혼자가 되었다. 다락방으로 올라가 내 마음처럼 작디작은 반쪽짜리 창문 옆에 앉아 예쁘지도 않은 옆집 벽만 바라보았다.

그리고 생각했다.

'나 혼자라도 가족회의를 해야겠다. 나의 작은 천사와 함께.'

난 내 옆에 아주 작은 아이가 날 지켜주고 늘 나와 말동무를 해 준다고 상상하곤 했다.

늘 혼자가 되면 그 아이에게 말을 걸고, 그 아이에게 나의 고민을 털어놓았다.

그렇게 나는 나의 시간을 많이 보냈던 것 같다.

난 어릴 적부터 생각했다.

내가 커서 아이를 낳으면 꼭 이것만은 지키겠다고. 아이의 말에 귀를 기울여주는 것, 또 아이의 마음을 읽어주는 것 그리고 가족회의를 꼭 하겠노라고!

지금 나는 아이가 넷인 엄마가 되었고, 어릴 적 다짐처럼 가족회의도 하고 있다.

정말 아이들은 여러 가지 이야기들을 뱉어 내고, 서로 마음을 내어 주고, 함께 웃고, 울기도 한다.

가족회의를 하면서 각자 속에 있는 말들을 꺼내 놓는다는 것은 참 중요한 일이라고 생각한다. 앞으로 쭉 이런 소통의 시간을 갖는다면 아이들이 커서 사춘기를 맞이할 때도 크게 걱정하지 않아도 된다고 생각한다. 우리는 함께니까.

아이가 넷인 만큼 들어 줄 귀도 네 배로 열려 있어야 한다.

우리 어른들만큼이나 복잡다양한 저마다의 이야기를 들으며 오늘도 난 이만큼 커가고 있다.

소록도에
들어가다

난 대학을 9년이나 다니고 졸업했다.

경제적으로 어려워 한 학기를 다니고 한 학기 쉬다를 반복하다 20대를 보냈다. 맑고 맑은 나의 청춘에 내가 기억하는 건 말도 못하는 고생뿐이다.

난 살아가는 것에 너무 지쳐 있었다. 내 삶의 목표가 먹고사는 문제였기 때문이다.

홍대 앞 서점에서 아르바이트를 하던 어느 날, 〈내셔널 지오그래픽〉 잡지를 책꽂이에 꽂다가 한 권이 내 앞에 툭 떨어졌다. 바닥에 펼쳐진 책장에 소록도 사진이 크게 보였다. 평상에 앉아 쉬고 있는 할머니, 할아버지를 찍은 사진 같은데 무언가 다르게 가슴에 꽂혔다.

'그 섬에 가고 싶다.'

난 그날 모든 걸 멈추고, 떠나기로 마음먹었다. 그길로 나는 버스 터미널로 가서 고흥으로 가는 버스에 몸을 실었다.

무거운 마음의 짐 또한 그 버스에 내려놓았다.

가는 내내 오만 가지 생각들로 머리가 복잡하고 걱정이 되었다.

고흥 녹동항이라는 곳에 도착했을 때 저 멀리 조그마한 섬이 하나 보였다. 어쩜 그리도 쓸쓸해 보이는지 꼭 아무도 없을 것만 같아 보였다. '꼭 내 맘과 같구나' 하고 한참을 바라보다 배에 올라탔다.

그 배 안에서 난 기도했다. 한 달만 버티게 해달라고. 돼지 우리에서 자도 좋고, 죽만 먹어도 좋으니, 딱 한 달만 버티게 해달라고.

그렇게 무작정 소록도를 찾아갔다. 점점 가까워져 가는 소록도를 바라보니 두려움이 밀려왔다. 그러나 막상 발을 디뎠을 때 메마른 흙이 말해 주었다. 어디나 다 똑같다고.

소록도 小鹿島. 작은 사슴을 닮아 붙은 이름이라고 한다.

그곳은 할머니, 할아버지들이 '한센병'이라는 병을 앓고 계셨다. 여러 마을을 이루고 살고 계셨는데, 많은 봉사자들이 여러 가지 도움을 주고 있었다.

'그래, 나도 봉사를 하자.'

마을로 무작정 걸어가 아무 곳에나 들어가서 이곳에 머물고 싶다는 말을 했다. 이렇게 다짜고짜 찾아오면 어떡하느냐고 하시면서도 봉사자 숙소를 안내해 주셨다.

봉사자들은 남녀 각각 10명씩 구성되어 있는데, 내가 찾아갔을 때 공교롭게도 여자 봉사자가 9명이라서 천만다행으로 머물 수 있게 되었다.

난 그날부터 소록도라는 섬에 머물게 되었고, 다행히 돼지 우리에서 자지 않아도 되고 죽으로 살아가지 않아도 되었다. 그 다음날부터 나는 노란 조끼를 입고, 봉사자가 되어 어르신들이 계시는 마을로 갔다. 마을로 걸어가는 길이 새로운 세상에 있는 느낌이었다.

사진에서 보았던 평상에 할머니, 할아버지들이 앉아서 부채질을 하고 계셨고, 지팡이 소리, 앞이 보이지 않는 할아버지가 할머니를 지팡이 끝을 쥐어 주고 이끌고 가시는 모습 등 모든 게 새로운 풍경이었다.

내 첫 도움이 필요한 분의 문 앞에 섰다. 문을 열고 들어가 인사하니 할머니 한 분이 앉아 계셨다.

팔과 다리가 다 잘려져 있었고, 앞도 보이지 않은 채 얼굴과 손의 살이 녹아내린 흔적이 가득했다. 나의 솔직한 마음은 무서웠다. 그런데 할머니가 "봉사자 왔나?" 하셨다.

"네!" 하고 크게 대답했다.

"이쪽으로 와서 내 다리 좀 주물러 줘! 어찌나 쑤시는지 간밤에 잠을 설쳤어."

"네!"

대답을 해놓고는, 자신이 없었다. 내 얼굴에 두려움이 가득했지만 할머니가 그런 내 얼굴을 볼 수는 없었다.

다가가 할머니 다리를 쳐다보았다. 한참을 망설였다. 용기가 나지 않았다. 잘리고 남은, 한 뼘도 안 되는 허벅지에 손을 차마 올려놓지 못하고 떨다가 용기를 내어 눈을 감고 손을 얹었다.

'앗! 아무렇지도 않잖아!'

순간 마음이 편안해지면서 나의 작고 작은 마음이 창피하고 할머니께
죄송스러운 생각이 들었다.

눈물이 났다.

그저 누구나 똑같은 삶의 느낌인데, 할머니를 괴물처럼 겁낸 나의 그
작은 행동이 지금도 부끄럽다.

소록도가
준 선물

소록도에서의 1년 생활이 지금의 나를 만든 것이나 다름없다.

그때 난 매일 웃고, 매일 울고, 매일 반성하고, 매일 기도했다. 특정 종교를 가졌던 것이 아니라 그 안의 모든 것을 받아들이는 자세로 살았다.

새벽 3시부터 예배를 보기 위해 교회 앞에 줄을 서서 기다리시고, 실명하신 할아버지가 등불을 들고 아무렇지 않은 속도로 걸어가시면, 그 뒤로 많은 분들이 따라가는 새벽 풍경이 선명하게 기억난다.

또 성당에 가면 아무것도 안 보이는 할아버지가 오르간을 연주하며 성가를 소리 높여 4절까지 부르신다. "다음 부를 성가는 435번입니다" 하면 한 치의 주저함도 없이 연주가 바로 시작되고 4절까지 노래를 부른다. 참 신기했다.

앞을 볼 줄 아는 나도 몇십 번을 부른 노래 한 곡 외우기 힘든데, 500쪽이 넘는 성가책 전체를 번호만 듣고 어찌 반주와 4절까지의 가사를 완벽하게 외울 수 있는지, 눈으로 보면서도 믿기지 않았다.

가끔 봉사를 끝내고 어스름한 저녁이 되면 원불교 교당에 가서 차를 한 잔 마시기도 하고 저녁을 같이 먹기도 하면서 종교 외에 다른 이야기도 편히 하곤 하였다. 그곳에서 난 그렇게 '한 달'이라는 시간을 훌쩍 넘어 1년이라는 시간을 보내게 되었다.

소록도에 돼지를 잡는 날이 오면 비계와 고기를 분리해서 담아 할머니, 할아버지 집집마다 나누어 드리고, 나는 그 비계를 한 숟가락씩 퍼 프라이팬에 둘러 전을 부친다. 목욕하는 날이면 돌아가면서 때도 밀어드리고, 장이 서는 날이면 배를 타고 고흥까지 가서 할머니, 할아버지가 심부름으로 시킨 먹을거리와 잡다한 물건들을 잔뜩 싸들고 왔다. 찬송가를 녹음해달라 하시면 녹음기에 함께 노래도 불러드리고, 자식들에게 편지를 써 달라고 하시면 종이에 받아 적어 다음 날 우체국 가서 부쳤다. 나의 일은 이렇게 다양했다.
일을 마치고 나면 어르신들께서 박카스를 손에 쥐어 주시며 얼른 마시라고 하셨다. 그 자리에서 안 마시면 섭섭해 하실까 봐 하루에 10병도 더 받아 마신 적이 있다.

어느 날 할머니 한 분이 고흥에 있는 병원에 입원을 하게 되어 내가 간병을 하러 가게 되었다.
중환자실에서 며칠 동안 피를 토하시는데, 시트를 계속 갈아댄다고 간호사가 짜증을 냈다.
난 그때 계속 피 냄새만 맡아야 했는데 '피비린내'라는 게 무슨 말인지 알 것만 같았다.

그사이 어떤 아저씨 한 분이 소록도에서 급하게 나와 병원으로 실려 오셨다.

다리가 썩어 들어가서 부득이하게 잘라내야 한다는 것이었다.

수술실에서 엄청난 괴성이 들려왔다.

마취약을 아무리 써도 마취가 안 되어서 그 아픔을 고스란히 느껴야한 다고 했다.

말만 들어도 가슴이 무너져 내렸다.

한센병을 앓고 계시는 할머니, 할아버지들은 매일같이 약을 드셔야하 는데 그 약이 워낙 독해 내성이 생기는 바람에 마취가 안 되는 분이 있 다고 했다.

수술이 끝나고 아저씨는 목이 다 쉬었고, 치아도 다 상해 버렸다.

어떤 분은 한센병에 걸렸다는 자괴감으로 소록도 병원 안에 있는 건물 옥상에서 뛰어내려 병원으로 실려 오셨다.

병원에 있는 동안 난 슬펐다.

소록도로 돌아와 다시 아침을 열었다.

집집마다 인사를 드리고 도와드릴 게 없는지 일일이 묻고 메모했다.

그런데 그렇게 나와 웃고 떠들었던 분이 내일 가면 안 계신다.

옷가지만 남기고 사라지신다.

주꾸미가 너무 먹고 싶다며 장에 가서 사다 달라고 매주마다 심부름 을 시키던 할아버지가 어느 날부터 나를 부르지 않아 이상해서 가보면

"누구세요?" 한다.
마음이 아프다. 그저 마음이 아프다.

소록도에서 나의 생활은 지금까지 내가 살아온 시간보다 더 많은 것을 깨닫게 해주었다.
이 조그마한 섬으로 나를 이끈 것은 우연이 아닐 것이다.
삶을 더 가치 있게, 사람을 더 소중히 여기게 하기 위해서, 분명 크리스마스 선물처럼 누군가가 그해에 내게 준 가장 특별한 선물이 아닐까 생각한다.

이 조그마한 섬으로 나를 이끈 것은 우연이 아닐 것이다.
삶을 더 가치 있게, 사람을 더 소중히 여기게 하기 위해서, 분명 크리스마스 선물처럼
누군가가 그 해에 내게 준 가장 특별한 선물이 아닐까 생각한다.

사랑의
힘

소록도의 사계절은 그 어느 곳보다도 아름답다. 내가 섬에서 나오던
날, 할머니, 할아버지들은 걱정스러운 듯이 당부하셨다.
"바깥에 나가면 사회인들하고 잘 살아야 해. 꼭 다시 돌아와."
'사회인'이라는 말이 참 재미있었다.
할머니, 할아버지는 바깥세상에 사는 사람들을 '사회인'이라고 불렀고,
이곳과는 완전 다른 세상처럼 얘기하곤 하셨다.

난 배에 올라탔고, 멀어져 가는 소록도를 바라보고 있자니 처음 소록
도로 무작정 찾아왔던 그날이 떠올랐다.
삶에 지쳐 있었고, 아무것도 가진 것이 없는 나였다. 그러나 지금의 나는
세상의 많은 것을 가진 그 어떤 사람보다도 행복했다.
고흥에서 버스를 타기 전에 내 걱정하시던 할머니께 전화를 드렸다.
"할머니! 나 이제 진짜 간다!"

할머니는 이것저것 당부 말씀을 또 늘어놓으셨다.

"걱정 마. 내가 누군데 그것도 못할까 봐!"

아무 말이 없이 숨소리만 들리더니 할머니가 갑자기 나를 부르셨다.

"나윤아!"

그러곤 힘껏 소리치셨다.

"사랑한다!"

난 놀라 멈추었다. 시간이 정지되었다. 아무 말도 못 한 채 그냥 눈물이 흘렀다. 태어나 처음으로 누군가에게 사랑한다는 말을 들었던 것이다. 전화기 너머로 기다리고 있는 할머니에게 난 기어들어가는 목소리로 말했다. "나도 사랑해. 나 진짜 간다."

전화를 끊고도 한참을 떠나질 못하고, 공중전화 부스 안에서 흐느껴 울었다.

다시 나의 자리로 돌아와 있는 그 시간은 이제 예전과 같지 않았다.

내가 느끼고 생각하는 마음이 다르니 세상이 달라 보이고, 모든 게 감사하게 느껴졌다.

할머니, 할아버지 말씀대로 바깥 세상의 사회인들과 지내고 있는 게 조금은 어색하게 느껴지고, 한동안 적응하느라 힘들었다. 힘들고 힘들었던 나의 살아가는 이야기들 속에 소록도가 없었다면 내가 이만큼 세상을 받아들이고 성장할 수 있었을까 싶다.

난 할머니에게 종종 전화를 드릴 때마다 사랑한다는 말을 듣고 나도 사랑한다는 말을 용기 내어 하게 되었다.

'어째서 사랑한다는 말을 스무 살이 넘어서 처음 듣게 되었을까?'

한국 사람들, 특히 옛날 경상도 분들인 부모님이어서 더 그랬겠지만, 사실 나도 사랑한다는 말에 대해 그동안 잊고 살아가고 있었는지도 모르겠다.

그래서 그런지 난 사랑한다는 말이 정말 중요하다는 것을 느꼈고, 할머니와 소록도로 인해 아이들에게 줄 수 있는 가장 큰 것을 선물 받았다고 지금도 생각하고 있다.

나는 나의 아이들에게 사랑한다는 말을 많이 해줄 것이다.

아이들의 마음속에 든든한 믿음이 자리할 수 있도록.

그리고 아이들이 크면 함께 할머니를 만나러 가고 싶다.

내가 배에서 내리면 전동 휠체어를 타고 마중 나와서 손을 흔들고 계시던 할머니가 떠오른다.

"나윤아! 타!" 하시며 엉덩이를 앞으로 당겨 앉으시고, "나윤아! 나를 꼭 안고 붙잡아. 그럼 속도 낸다!" 하시던 터프한 할머니가 오늘은 무척이나 그립다. 할머니를 생각하면 지금도 자꾸 눈물이 난다.

균분 均分

이수와 다큐멘터리를 종종 본다.

며칠 전 지구 반대편에 있는 어려운 사정의 아이들 영상을 접하게 되면서 질문이 많아졌는지, 나에게 질문을 했다.

"엄마, 왜 우리는 다른 걸까? 왜 저 아이들은 기아로 죽어가고 우리는 이렇게 배불리 먹고 음식을 버리고 있지? 저 아이들에게 나누어 주면 되잖아."

참 어려운 이야기이다.

이수의 질문을 들으니 예전에 읽은 《왜 세계의 절반은 굶주리는가》라는 책이 떠올랐다.

이수가 다른 아이들의 아픔을 나의 아픔으로 느낄 수 있고, 그런 아픔을 함께 해결하려고 하는 모습을 보니 한편으로 기특했다.

세상의 한쪽은 배불리 먹고 남은 음식을 쓰레기로 처리하기 힘들어하는데, 세상의 다른 쪽에서는 굶주림에 죽어가고 있다니 정말 안타까운 일이다. 보통 굶주림을 겪고 있는 나라들은 사막이 걸쳐 있는 곳이 많다. 만들어 내는 것이 처음부터 힘든 곳이기 때문에 더 많이 노력해서 먹을 걸 만들거나 찾아야 하고, 다른 곳에서 먹을 것을 가져오기도 쉽지 않다. 그리고 사람들이 나무를 잘 심지 않고 오히려 많이 잘라 쓰는 바람에 사막이 점점 더 늘어나고 있다.

이수가 말했다.

"그럼 사막이 없는 곳으로 가서 살면 되잖아?"

"그래, 그래서 사막이 아닌 곳으로 모여들고 있어. 근데 그러면 정작 살 수 있는 땅, 음식물을 생산할 수 있는 땅은 더 좁아지고 나머지 땅이 버려지게 되는데 결국은 다른 나라에 손을 벌리며 살 수밖에 없지 않을까? 그리고 그보다 굶주림을 겪고 있는 나라들은 예전에 힘을 가진 국가들의 식민지였던 나라들인데 지금은 대부분 식민 지배에서 벗어났거든. 그런데 그때 생겼던 문제를 해결하지 못해 그러는 거야."

"다른 나라가 지배할 때 생겨난 문제가 뭐야?"

우리의 이야기는 깊어졌다.

난 알아듣든 못 알아듣든 성실하게 답하려고 노력했다. 모르는 단어들이 있더라도 말이다.

"식민 지배를 당하는 동안 힘센 나라들이 자기들이 필요한 작물이나 자원들을 다 빼앗아 가고, 그 나라 국민들이 먹고사는 문제는 전혀 신경 쓰지 않았기 때문에 지배에서 벗어났다고 하더라도 여전히 지배국

가의 도움 없이는 스스로 해결해 나갈 수 없게 된 나라들이 많아.

당장 먹고살기 위해 곡물을 재배해야 하는데, 굶주림을 해결 못하는 커피콩, 사탕수수 같은 것만 계속 심어야 하는 것처럼 말이야. 그리고 그렇게 벌어들인 돈은 전부 그 나라를 다스리는 몇몇 독재자들만 차지하게 돼."

"그건 정말 억울한 일이잖아!"

이수가 주먹을 쥐었다.

"그것도 그렇지만, 그런 값싼 노동력과 땅을 이용해서 선진국들이 필요로 하는 작물들만 대량 생산해서 싸게 공급받고, 그 이익은 그 나라 사람들이 아닌 회사들이 몽땅 차지하는 거야."

이렇게 얘기하면, 분명 모르는 말들이 있을 법도 한데, 이수는 이렇게 대답한다.

"으아~ 세상에~ 나 화가 나."

나는 계속해서 이야기를 이어 나갔다.

"이를 보다 못해 UN이라든지 여러 국제기구에서 열심히 구호활동을 하지만 문제를 해결하지 못하고 있어."

"엄마, 그럼 도대체 어떻게 해야 그 배고픈 아이들이 굶주리지 않고 살아갈 수 있는 거야?"

"그건, 그 나라들이 스스로 먹을거리를 만들어 낼 수 있게 도와주는 거라고 생각해. 배고픈 사람에게 생선을 주는 것이 아니라 낚시하는 방법을 알려주는 것처럼 말이야."

"아~ 그렇구나. 그 나라 사람들이 먹을 수 있게 농사 짓는 걸 도와주고 고기도 잡을 수 있게 배도, 그물도 만들어 주면 되는 거야?"

"그래 맞아. 그리고 더 나아가서는 그 나라에서 기계나 어선들을 만들어 나갈 수 있게, 그렇게 발전할 수 있게 도와주는 거지."

고개를 끄덕이는 이수를 보며 나는 물었다.

"그런데 이수야, 엄마가 얘기하는 거 다 이해했어?"

"응."

"어려운 말은 없었어?"

"정확한 단어 뜻은 잘 몰라도 무슨 말인지는 다 알 수 있었어."

"그렇구나. 다음부터는 좀 더 쉽게 얘기할까?"

"아니야. 원래 엄마가 하던 대로 얘기해도 돼. 모르면 물어볼게."

이수와 이야기를 나누다 보면, 말로만이 아니라 그 느낌도 함께 주고받아서 그런지 뜻이 통하는 것 같다.

오늘 한 이야기를 이수가 잘 이해했기를 바랐다.

정말 내가 이수에게 말한 대로 그런 도움들이 이어져 좋은 결과가 있기를 바라지만, 늘 현실은 그리 녹록지 않다. 당장 눈앞의 이익을 좇고, 멀리 떨어져 있어서 나와 관계없는 일이라 생각하는 사람들로 가득한 세상을 바꾸어 나가는 것이, 생각처럼 쉽지 않다는 것에 한숨이 나온다. 하지만, 조금이라도 세상을 좋은 방향으로 이끌어 나가기 위해, 오늘도 난 나 혼자만 잘사는 세상이 아니라, 모두가 함께 사는 세상을 희망하는 사람으로 아이들을 이끌어 가고 싶다.

언급했던 책에 남겨져 있는 문구가 마음에 가시처럼 박힌다.

'우리가 하지 않으면 아무도 하지 않을 것이다.'

무소유

내가 대학교 1학년 때 IMF가 터졌다. 그리고 우리 집은 망했다.

가장 먼저 들었던 슬픈 생각은 이제 돌아갈 집이 없어졌다는 것이었다.

고향 집으로 가는 고속버스에 올라타면, 늘 창가 자리에 앉아 이어폰을 귀에 꽂았다. 집으로 가는 5시간 동안 내가 좋아하는 음악을 들으며, 난 공상에 빠지곤 했다.

난 그 시간이 참 좋았다.

엄마, 아빠를 만나러 간다는 생각에 마음이 참 설렜고, 나의 어린 시절 함께했던 그곳의 모든 온기가 발걸음을 재촉했다.

난 마지막으로 고향 집 가는 버스에 올라탔고, 그날도 여전히 이어폰을 꽂고, 집으로 향해 달렸다. 하나씩 스쳐 지나가는 산봉우리들을 바라보며 혼자 하염없이 흐느꼈다. 20년이 지난 지금도, 그날을 떠올릴 때마다 가슴 깊은 곳에서 떨림이 전해진다. 그것은 두려움이었다.

그날부터 나의 고생이 시작되었다.

새로운 삶의 출발선에서 아무도 모르게 나는 조용히 발을 디뎠다.

'준비됐니? 이제 간다.'

학교 기숙사에서 나와 내가 살아가야 할 방을 구해야만 했다.

돈은 없어 가장 싼 방을 구해야 했고 난 지하방만 찾아다녔다.

학교에서 지하철로 몇 정거장을 더 가야 하는 곳에 허름한 지하방이 보증금도 없이 월세 10만 원에 나와 있었다. 내 짐이라곤 라면 박스 하나가 전부였다. 두 평 남짓한 방 한구석 벽에 수도꼭지 하나가 달려 있고, 나무로 만들어진 문에는 환풍기 하나가 달려 있었는데 이가 맞지 않아 꽉 닫히지 않았다. 끈으로 묶어야 덜컹거리지 않았다. 보일러는 아예 없어서 그해 첫 겨울엔 얼마나 떨었는지, 이를 부딪치게 떤다는 게 뭔지 알게 되었다. 화장실을 가려면 밖으로 나와 100여 미터를 걸어 공중 화장실을 이용해야 했는데 어두워지면 너무 무서워 참곤 했다.

그때 그래서인지 지금도 난 밤에 늘 깨서 화장실을 몇 번씩 다녀온다.

난 그런 곳에서 3년을 살아야 했다.

새벽엔 3시까지 신문보급소에 가서 아침 7시 반까지 뛰어다니며 신문을 돌리고, 낮엔 학교에 갔다. 저녁엔 아이들을 격일로 가르치고, 밤엔 아는 언니 식당에서 일을 도왔다. 하도 뛰어다녀서 얼굴이 벌겋게 달아올랐고, 땀범벅이 되어 집에 돌아와 잠깐이라도 누우면 충혈된 눈에서 끊임없이 눈물이 흘렀다.

정말 열심히 살던 시기였다. 드디어 돈을 조금 모아 반지하방으로 이사를 하게 되었다. 너무나 행복했다.

창문을 열면 비록 땅이 보이긴 해도 빛을 볼 수 있다는 사실에 감격스러웠고, 무엇보다 화장실이 안에 있다는 게 정말 좋았다. 난 욕심이 생겼다. 텅 비어 있는 이 방을 화사한 봄 향기가 나는 핑크빛은 아닐지라도 방다운 방으로 꾸미고 싶었다. 그래서 조금씩 돈을 모아 책상도 장만하고, 오디오, 커튼, 뚱뚱한 컴퓨터도 장만하기에 이르렀다. 마지막으로 난 침대에서 자보고 싶다는 마음이 올라왔다.

그까짓 것, 침대도 하나 사자. 난 조금 남은 돈 중에 15만 원이라는 거금을 들여 침대를 샀다. 이제 되었다. 나의 방이 이렇게 꾸며졌다. 그날은 정말 행복했다. 푹신푹신한 매트 위에 누우니 구름 위에 누워 있는 것처럼 몸이 가볍고 마음이 차분해졌다. 그날 밤은 지금까지도 잊지 못할 나의 행복한 순간으로 손꼽힌다.

그런데…… 축축한 느낌이 들었다. 눈을 떴다.

침대가 어느새 물에 잠겨 있었다.

난 너무 놀랐고, 밖으로 나가기 위해 문을 열려는데 도무지 열리지 않았다.

창문 반 높이까지 물이 차올라 있었고 난 온 힘을 다해 창문을 열었다.

난 그 사이로 빠져나왔다.

중랑천이 넘쳐서 물난리가 난 것이다.

그 집 마당에 맨발로 서서 우두커니 내가 살고 있는 방을 내려다보니

5분도 지나지 않아 어느새 모든 것이 사라졌다. 새벽 3시 즈음으로 기억한다. 굵은 빗줄기 사이로 흐르던 나의 눈물이 빗물이 되어 사라지고, 지금은 흐릿한 기억으로 남을 법도 한데, 난 아직도 그날의 그 시간을 기억하고 있다. 난 다시 아무것도 남지 않은 처음으로 되돌아 갔다. 내가 그렇게 열심히 모으고 또 모았던 살림살이가 한순간에 사라졌다. 난 그날 그 자리에서 맹세했다. 다시는 아무것도 욕심 내지 않겠다고. 1층 집 돌계단에 기대어 쪼그리고 앉아 아침이 올 때까지 기다렸다. 많이 추웠고, 많이 슬펐다. 비는 서서히 멈췄고, 내 방은 물바다가 되어 있었다. 가지고 있던 책들도 물에 다 젖어 버려서 건질 게 없었다.

정말 모든 것이 사라졌다.

보상도 받을 수가 없었다. 난 그날부터 적십자에서 나누어 주는 컵라면을 먹으며 일주일 동안 근처 초등학교에서 스티로폼을 깔고 생활했다. 살아가면서 내가 소유하고 있는 많은 것들에 집착을 하게 되고, 또 욕심을 내게 된다.

난 다 잃어버렸지만 이 일로 내가 앞으로 살아가면서 기억해야 할 것들을 또 하나 얻은 것이다.

아무것도 가지지 않는 게 무소유가 아니라, 내가 필요한 만큼 쓰다가 미련 없이 놓아주는 것이 아닐까 생각한다. 난 지금도 내가 가지고 있는 모든 것에 대해 미련이 없다. 내가 당장 필요해도 나보다 더 필요한 사람이 있으면 주기도 하고, 많은 것들을 나눈다.

당장 필요 없는 물건도 언젠가는 쓸 데가 있다며 집 안에 쌓아두는 사람들이 많다.

물건이라는 것은 내가 필요로 할 때 옆에 있기도, 없기도 한다.

원래 나는 아무것도 없으므로 내 곁에 왔다가 가는 것에 너무 미련을 두지 말자고 생각한다.

아이들을 바라보고 있노라면 자기 물건에 대한 다툼이 참 많다.

자연스럽게 생기는 이런 감정들을 우린 가족회의 때 얘기 나눈다.

이수가 말했다.

"엄마, 정말 멋진 물건을 보면 그 순간 너무 가지고 싶어서 안달이 나. 그런데 가만 생각해 보면 지금까지 그렇게 해서 돈을 주고 산 물건들이 지금 내 곁에 없어. 거의 일주일이면 그 물건들에 대한 마음이 시들해지고, 어느새 난 다른 것에 집중해 있어. 뭐 살 때 정말 신중하게 생각하고 사야 할 것 같아. 이렇게 생각하는데도 멋진 물건이 나를 엄청 유혹해서 참 힘들 때가 많아, 엄마."

"맞아, 엄마도 그래. 사놓고 후회하고 그걸 반복하다가 지금은 미안해지기도 해."

"누구한테?"

"힘들게 일하는 아빠한테. 그리고 아무것도 못 먹어서 힘들어하는 저 멀리 사는 아이들한테도⋯⋯."

"맞아, 엄마. 같은 땅에 살면서 우리는 다르게 살고 있어."

이수와 나누는 이런 대화가 친구처럼 편안하고 참 좋다.

이수는 이어서 얘기했다.

"엄마, 얼마 전에 학교 친구 집에 놀러 갔었는데 그 친구 집이 어마어마하게 커서 굉장한 부자라는 생각이 들었어. 이것저것 자랑을 하는데 부럽더라고. 그렇게 큰 집에서 살면 얼마나 좋을까 하고 머릿속에서 상상해 봤어. 근데 문득 이런 생각이 드는 거야. 그 집에서 살 수 있다고 해도 이렇게 좋은 우리 엄마, 아빠가 없다고 생각하니까 그 큰 집도 소용없다는 생각 말이야. 난 아무리 돈이 많아도 그런 큰 집보단 내 마음에 큰 집을 짓고 살 거야."

아직 어린 이수가 가끔 영감처럼 내 옆에서 이런 의미심장한 이야기를 하나씩 하고 갈 때면 나 또한 여러 가지 생각을 하게 된다.

언젠가 아무것도 없는 빈방에 들어갔을 때가 있었다.

참 묘하게도 행복감이 몰려왔다.

멋스럽게 인테리어를 한 그 어떤 방보다도 맘에 들었고, 아무것도 없다는 것이 이렇게 매력적일 수 있다는 것을 알게 되었다.

큰 집에서 살면 얼마나 좋을까하고 머릿속에서 상상해 봤어. 근데 문득 이런 생각이 드는 거야.

그 집에서 살 수 있다고 해도 이렇게 좋은 우리 엄마, 아빠가 없다고 생각하니까

그 큰 집도 소용없다는 생각 말이야.

난 아무리 돈이 많아도 그런 큰 집보단 내 마음에 큰 집을 짓고 살 거야.

자신만의 걸음으로
자기 길을 가라

내가 다른 집 엄마들보다 조금은 더 아이들의 자유를 중요하게 생각하게 된 데는 이유가 있다. 내게 큰 영향을 주신 한 선생님으로부터 비롯되었다.

내가 초등학교 6학년이 지나고 중학생이 되던 때에 학교를 마치고 늘 들르던 곳이 있었다.

영어를 배우기 위해 '안 선생님'댁에 늘 갔는데, 언젠가 비가 오는 날 신발과 양말을 벗어 들고, 맨발로 선생님 댁까지 흥얼거리며 찾아갔던 기억이 난다.

선생님 댁은 나에게 안식처였으며, 비상구였다.

난 학교가 참 싫었지만, 엄마한테 싫다는 말을 한 번도 한 적이 없다.

즐거워서 간 날보다 가야만 하니까 갔고, 학교에서의 생활은 아무런 재미도 없는, 내게는 고역이었다.

아침에 조금이라도 늦으면 매를 들고 겁을 주시는 선생님 앞에서 떨고 있어야 했고, 수업 시간에 질문에 답을 못하면 때리거나 망신을 주셨다. 숙제를 과하게 내는 선생님, 청소 상태를 검사하는 선생님, 자율학습 시간에 딴짓을 할까 봐 몽둥이로 교실 문을 수시로 치고 가시는 선생님 등 다양한 선생님들께 내 이름이 호명될까 매일매일이 두려웠다. 난 6년 동안 참고 다녔다.

이런 나에게 안 선생님은 조금은 특별한 분이셨다.
선생님은 내가 가면 늘 맛난 반찬과 먹을거리들을 내놓고 먹어 보라고 하셨다.
영어 공부가 우선이기보다는 서로의 이야기에 웃기도 하고, 슬퍼하기도 하였다.
가끔 어린 나를 앞에다 두고 이런저런 넋두리도 늘어놓곤 하셨는데, 그때의 나는 참 어렸는데도 선생님은 어찌 그런 많은 이야기들을 하셨을까 지금 생각해보아도 신기한 일이다.
지금의 나라면 그때 그렇게 대답해 드리지 않았을 텐데, 하는 생각이 든다. 선생님께 아무 도움도 안 되는 나이인데도 선생님 결혼 생활 이야기까지 해 주신 것에 대해 나를 마냥 어린애 취급하지 않고 동등하게 여겨주신 것 같아 감사한 마음이 든다.

선생님은 참 감성적이셨다.
나의 생일날 "이 책을 읽고 참 많이 울었어. 너도 읽어 봐"라며 책을 내

미셨다.

책 선물이라는 것을 처음으로 받아 본 나는 선생님께 다 읽었다고 얘기하고 싶어서 밤을 새워 책을 읽었다. 그리고 나 또한 울었다.

어느 날 선생님께 찾아갔을 때 선생님께서 보여 줄 영화가 있다며 새까맣고 뚱뚱한 텔레비전에 네모난 비디오 테이프를 밀어 넣더니 말없이 나가셨다.

영화가 시작됐고, 긴장감이 몰려 왔다.

내 생애 첫 영화였다.

보는 내내 가슴이 먹먹하고 설렜으며 눈을 깜빡이는 것조차 아까워서, 전념을 하고 봤던 그날의 기억은 사진을 찰칵 찍어놓은 듯 생생하다.

〈죽은 시인의 사회〉

이 영화를 난 지금까지 잊을 수가 없다.

영화 속 존 키팅 선생님으로 나온 로빈 윌리엄스 또한 잊을 수가 없다.

로빈 윌리엄스가 하는 말들과 선생님으로서 학생들을 대하는 태도가 지금껏 내가 알고 다니던 우리나라 학교와 너무나 달라서 로빈 윌리엄스를 사랑할 수밖에 없게 되었다.

이 영화를 보고 일주일 동안 잠을 못 들 정도로 머릿속엔 온통 〈죽은 시인의 사회〉뿐이었다.

"그 누구도 아닌 자신만의 걸음으로 자기 길을 가거라.

바보 같은 사람들이 무어라 비웃든 간에.

독특하다는 것을 믿어라.

누구나 몰려가는 줄에 설 필요는 없다.

자신만의 걸음으로 자기 길을 가거라.

틀리고 바보 같은 일일지라도 시도를 해 봐야 해.

너만의 목소리를 찾기 위해 힘써야 해.

왜냐하면 더 오래 기다릴수록 더 찾기 힘들어질 테니까. 타인의 인정을 받는 것도 중요하지만 나의 신념이 독특하고 나 자신의 소유임을 믿어야 한다.

비록 다른 사람들이 그것이 이상하다거나 인기 없다거나 심지어 나쁘다 생각하더라도 로버트 프로스트의 말처럼.

'숲속에 두 갈래 길이 나 있었다. 나는 사람들이 적게 간 길을 택했고, 그것이 내 모든 것을 바꾸어놓았다.'

이제부터 여러분도 자신만의 길을 찾길 바란다.

자신만의 걸음걸이와 속도로 어떤 방향이든지 무엇을 원하든지 그것이 자랑스럽든지 어리석든지 그것이 무엇이든 간에……

현재를 즐겨라. 인생을 독특하게 살아라."

이 영화는 내 인생의 전환점이 되었고 그날부터 나를 조금씩 변화시켰던 것 같다.

인생이 뭔지, 어떻게 살아야 하는지, 나의 길, 나만의 걸음……. 평소에 하지 않던 생각들을 많이 했다.

난 지금도 유행이란 것을 싫어한다. 다른 사람과 같은 것을 싫어하고,

같은 말이라도 똑같지 않은 표현을 찾으려 한다. 수줍음이 많고, 자신감도 없고, 그저 순응하며 꾸역꾸역 다니기 싫은 학교를 다니며, 세상이 어떻게 돌아가는지도 모른 채 10년 넘게 살아온 한 여자아이가 어느 날부터 그게 얼마나 무료한 삶인지 알게 된 것이다.

난 나의 길을 나의 걸음으로 가기 위해 먼저 다른 사람의 시선에 무신경해 지기로 했다.

빠르든 느리든 잘못된 것은 하나도 없다. 주위 사람들이 가르치려 드는 모든 말들이 다 맞는 건 아니므로 다 따를 필요가 없었다.

아직 어려도 생각할 수 있고, 선택할 수 있으며, 느낄 수 있었다.

어떤 게 행복한지 아닌지.

내가 원하는 걸음으로 나의 길을 가기로 결심한 순간 난 무척 기뻤다.

그 후로도 선생님은 가끔 이렇게 내게 영화를 보여주셨는데 커서 보니 다 명화였다.

살면서 어떤 책을 접하고, 어떤 영화를 접하느냐에 따라 내가 살아가는 길이 조금씩 바뀌는 것 같다. 나의 생각이 변하기 때문이다. 꼭 책과 영화가 아니라도 누군가를 만나느냐에 따라 어떤 말을 듣고 어떤 상황을 보느냐에 따라서도 인생이 바뀔 수 있다고 생각한다. 어른이 되고, 부모가 되어 보니 어릴 때 접하게 되는 모든 것들의 중요성을 더욱더 깨닫게 된다.

지금도 난 안 선생님이 보고 싶다.

내가 중학교 2학년이 될 즈음 선생님은 서울로 이사를 가신다고 했다.

그렇게 선생님은 떠나보냈다.

결혼을 하고 이수를 낳고 나서도 안 선생님을 찾고 싶어서 수소문을 해 봤지만 도무지 찾을 수 없었다.

만약 만날 수 있다면 우리는 더없이 친한 친구가 될 것 같다. 이제 나는 그때의 그 어린 중학생이 아니므로…….

스스로
그러함으로

아무것도 손대고 싶지 않다.

있는 그대로의 아이들을 바라보고 지켜 주고, 기다리다 보면 어느새 부쩍부쩍 스스로 크고 있다.

아이들은 그날에 일어난, 아무것도 아닌 것들을 나한테 말하러 와 준다.

이수가 달려와 뭔가를 일러준다.

"엄마! 벌레들은 항상 바빠. 이리저리 계속 왔다 갔다 하면서 어디를 가는 걸까?"

"이수야! 한번 관찰해 봐. 도대체 어디로 가는지 따라가 보는 거야. 우리 한번 같이 해 볼까."

"벌레들이 어렵게 길을 찾아가는 것 같지 않아? 어디 가나, 하면서 한참을 기다려 보니까 바로 옆집을 가잖아."

"엄마! 사람도 그럴까?"

"사람? 맞아, 사람도 그렇지……. 쉬운 길도 있고, 어려운 길도 있지만 어려운 길을 선택해서 돌고 돌다가 이 벌레처럼 큰 장벽인 바위를 만나는 거야. 장벽을 만났을 때는 용기가 필요할 거야."

"용기?"

"응, 용기! 그 용기가 있는 사람은 자유로울 것 같아. 이수도 살아가면서 많은 장벽을 만날 테지만 용기를 내! 너도 그런 자유로운 사람이 되어 봐!"

"엄마가 하려는 말이 무슨 말인지 알 것 같아. 고마워, 엄마."

텃밭에 물을 주는 일은 개구쟁이 우태가 맡았다.

"엄마, 무지개가 고추 줄기에 걸렸어."

"푸하하하."

그러더니 뒤돌아 쉬를 한다.

이수는 "엄마! 또 우태가 아무 데나 쉬해" 한다.

우태는 아랑곳 않고 말한다. "아니야, 이것도 거름이라고."

어제는 유담이가 흙밭에 앉아 흙으로 뭔가를 열심히 만들어서 그 위에 꽃으로 장식을 하고, 다 만들었다며 모두를 불렀다. 멋진 케이크가 완성되고, 우리는 유담이의 강요에 못 이겨 생일 축하 합창을 했다. 또 하나는 엄마 얼굴을 예쁘게 만든 거라며 엄마가 죽으면 엄마 무덤에 이렇게 엄마 얼굴을 빚어준다니 왠지 무서운 생각이 들었다. 그러나 곧 유담이가 말을 이었다. "그러면 그때 내가 엄마한테 빨리 이걸 먹이고 살리는 거야. 내가 특별히 엄마한테만 만들어 준 마법 케이크거든."

그리고 유정이는 옆에서 아침에 들려준 노래를 고운 목소리로 반복해서 불러 댄다. 유담이는 시끄럽다고 소리를 치지만 유정이는 아랑곳하지 않고, 노래를 부른다.
소소한 이런 일상이 참 행복하다.
아침에 일어나 눈을 뜨면 오늘은 또 무슨 일이 벌어질까 슬슬 기대가 된다.

아이들을 그냥 두고 싶다. 따뜻한 햇볕을 쬐며 신이 난 아이들의 얼굴엔 호기심이 가득하고, 또 무엇을 관찰하고 쫓아다니며 어떤 재미난 상상을 해나갈지 이렇게 바라본다.
아이들은 자라고 있다.
스스로 자(自) 그러할 연(然)으로.
태양과 비가 자연스레 꽃을 키워주는 것처럼.

가장 소중한 건
바로 지금 이 순간!

작업실 마당에서
축구를 하며 뛰어놀기

지붕에서
칼싸움을 하다가
쉬는 시간

집 앞 바닷가에서 놀다보면 어느새 해질녘

3

영원한
친구

엄마 나이
열 살

엄마가 된 지 10년째 이다.

이수를 10년 키운 것이다. 같이 지내온 시간만큼 또 시간이 흐르면 이제 독립을 할 텐데, 생각하니 마음이 조급해진다.

아이들과 함께한 시간이 금방 지나간 것처럼 앞으로 함께할 시간도 빨리 지나가 버릴 것 같다.

그래서 매일 공부하지 않으면 안 된다.

오늘은 어제보다 나은 엄마여야 하고, 밤마다 후회하는 일이 점점 줄어들어야 한다.

이수가 태어났을 때, 아기를 안는 법조차 몰라 쩔쩔 매고, 이수가 딸꾹질만 해도 무슨 일이 생길까 밤새 잠을 설치며 들여다보던 그때를 생각하면 난 참 어렸던 것 같다.

첫아이를 낳은 나이보다 첫아이를 낳는 순간부터 새롭게 한 살씩 먹어

가는 엄마로서의 나이가 중요한 것 같다. 그렇게 보면 둘째는 엄마 나이 세 살에, 셋째는 엄마 나이 다섯 살에 육아를 시작한 것이다. 둘째, 셋째에게는 조금이나마 성숙해진 엄마의 모습으로 출발했지만 이수와 나는 한 살부터 같이 자라났다. 그래서 난 첫째 이수에게 고마운 것도 많고 미안한 것도 많다. 엄마로서의 시행착오를 이수와 함께 겪었기 때문이다.

지금 생각하면 참 어리석었던 행동들에 '내가 그땐 왜 그랬을까?' 하고 후회할 때가 많다. 돌이켜보면 다 이수에게 저질렀던, 멋 모르고 덤볐던 일들이 많았는데 그래도 이수가 잘 자라주어 다행이다. 그동안 그렇게 많은 실수를 하며 이수를 키우면서도 언제나 진심으로 이수를 대했고, 무엇이든 솔직하게 이야기했다. 이수를 통해서 알게 된 것은 진심으로 다가서면 어린아이일지라도 뭐든 이해할 수 있다는 것이다.

"이수야, 엄마가 모르는 게 아직 많아서 그것까지 생각하지 못했어. 그래서 네가 속상했을 수도 있을 것 같아. 다음에는 꼭 염두에 둘 거야. 미안해."
"괜찮아, 엄마는 노력하잖아. 그리고 이렇게 먼저 말해줘서 고마워."
실수투성이인 엄마를 늘 이해해주는 이수와 아이들이 참 고맙다.

내가 받은 교육을 아이들에게 답습하게 될까 봐 매사 조심한다. 많은 것을 잊기 위해 애쓰고 나의 습관들을 고치려는 노력을 게을리하지 않는다.

내가 만약 지금의 아이들처럼 하고 싶은 것들을 할 수 있고, 자유로이 공부하고, 뛰어놀며 배우는 환경에서 자랐다면 난 지금 아이들을 키우는 것이 훨씬 자연스럽고 행복했을 것이다. 내가 듣고 보고 자라며 배운 것들을 그대로 아이들에게 가르친다면 얼마나 편하겠는가? 하지만 안타깝게도 난 상처가 많다. 이 상처를 아이들에게 물려주지 않고 내게서 끝내야 한다고 생각하기에 어려운 길을 가게 됐다. 하지만 한 사람을 길러내는 것은 가장 중요한 일이고, 가장 보람된 일이란 걸 알기 때문에 이 결정이 헛되지 않을 것이라고 믿는다.

자유분방한 환경에서 자란 이수, 우태, 유담, 유정이는 훗날 결혼을 하고 아이를 낳아 키우는 일이 지금의 나처럼 어렵지 않을 거란 생각이 든다.

지금 아이들을 바르게 키워야 이 아이들이 다시 자기 아이들을 바르게 키우게 되고, 그 아이 하나하나가 모여 바른 사회가 이루어지고 바른 나라가 된다고 생각한다. 그렇기 때문에 아이 하나를 키우는 일을 가볍게 생각해서는 안 된다.

'엄마'라는 직업은 정말 어렵다.

이제 고작 열 살이 된, 아직 서툰 엄마이지만 큰 사명감을 가지고 아침에 눈을 뜨면 오늘 하루를 위해 힘찬 다짐을 한다. 또 실수를 하고 잘 안 되는 일이 많더라도 어떻게든 헤쳐 나가려고 노력하고, 배우고 또 배우기를 반복한다.

난 절대 포기하지 않을 것이다.

언젠가 아이들이 어른이 되어 엄마와 함께 했던 시간들을 떠올리며 행복해했으면 좋겠다. 무언가를 강요하고, 재촉하고, 윽박지르는 엄마의 모습이 아닌 '나의 마음을 알아줬던 엄마'로 기억해 주기를. 네 아이들 모두 몸과 마음이 건강한 어른으로 자라 누군가에게 좋은 영향을 끼치는 사람이 되길 간절히 바라본다.

가슴이
원하는 대로

디즈니 애니메이션 〈코코〉 중에 이런 대사가 있다.

"많은 사람들이 정해진 규칙을 따를 때 난 내 심장을 따랐지."

어느 비 오는 오후, 이수, 우태가 손을 잡고 내게 와서 얘기했다.

"엄마, 우리 비 좀 맞고 올게."

"뭐? 그래, 알았어."

둘은 정말 홀딱 젖어서 들어왔다.

"엄마, 비를 맞고 걸어가는 느낌은 해봐야 아는 거더라구. 우태랑 나랑 가슴 깊은 곳에서부터 올라오는 소리를 질러보기도 했어. 가슴이 후련하면서 살아 있다는 걸 느끼고 왔어."

우리 아이들은 다른 어른들이 보기에는 '정말 저래도 되나' 하고 생각 될 정도로 엉뚱한 행동을 할 때가 많다. 온 집 안과 밖의 벽, 기둥 여기

저기에 그림을 그리고 떠오르는 생각들을 적기도 하고 심지어는 자동차 지붕 위에 누워 온종일 하늘을 쳐다본다거나 소꿉장난을 하고 놀기도 하고 자동차 문짝에 그림을 그리기도 한다. 마당 한가운데 모래로 산을 쌓기도 하고 다시 거기를 파서 한라산 백록담을 만들겠다며 물을 채우기도 한다. 겨울에는 그 모래언덕에 밤새 내린 눈을 쌓아 눈썰매장을 만들어서 놀기도 한다. 물론 집과 자동차는 함부로 다루면 안 되는 소중한 자산이다. 그러나 그런 재산을 깨끗이 지키는 것보다 아이들의 심장을 따르는 일을 하고 싶었다.

벽에 그린 그림은 다시 하얀 페인트로 칠하거나 벽지를 다시 바르면 되는 일이고, 차에 칠해버린 그림도 시간이 지나 싫증이 나면 다시 하얗게 칠해서 다른 그림을 그리면 될 일이다. 하지만 한 번 규칙을 정해버리면 그곳에 경계가 생겨버리고, 한 번 굳어버린 그 경계는 쉽사리 넘을 수 없게 된다. 아이들의 꿈이 그만큼 작아지는 것이다.

그렇다고 아무런 규칙을 두지 않는 것은 아니다. 평소에 정했던 규칙들을 함부로 깨게 냅두지도 않는다. 규칙을 함부로 지키지 않아도 된다는 잘못된 생각을 가지지 않게 하기 위해서이다. 그래서 아이들이 자신의 심장을 따르기 위해 규칙을 가능한 한 적게 만들면서도 일단 만들어진 규칙은 최대한 지킬 수 있도록 노력하고 있다.
그 결과 자유롭게 자라면서도 다른 사람을 더 생각하고, 관계를 맺을 때에도 상대방을 존중하게 하기 위해 고집부리는 일이 적다고 생각한다. 지킬 건 지키며 적절히 참고 견딜 수 있는 힘은 자기가 마음 가는 대로 편히 지낼 수 있는 든든한 보금자리가 있다는 믿음에서 오는 게 아닐까?

새 우산

햇살이 좋은 날 이수와 나는 시장에 갔다. 북적북적한 시장에서 사람들 사이를 오가며 이것저것 재미있는 볼거리를 구경하며 신났다. 난 먹거리에 관심이 많고, 이수는 새로운 물건들에 관심이 많다. 우리는 호떡을 하나씩 입에 물고 눈 바쁘게 구경하는데, 이수가 내 손을 잡아당기며 한 곳을 가리켰다.

한 할머니가 쭈그리고 앉아 우산 몇 개를 팔고 계셨다.

"엄마, 나 저 빨간 우산이 맘에 들어. 저 우산을 쓰면 행복할 것 같아."

"그래? 그럼 우리 살까?"

유난히 빨간색을 좋아하던 이수는 빨간 우산을 갖게 되었고, 비가 오지 않는 맑은 날에도 우산을 펼쳐 들고 펄쩍펄쩍 뛰어다녔다. 그러고는 매일같이 비가 오기를 간절히 바라고 또 바랐다.

마침내 비가 오던 날, 무척이나 기뻐하던 이수의 얼굴이 지금도 생생

하다. 막내 유담이를 업고, 한 손엔 우태 손을, 한 손엔 우산을 들고 이수를 어린이집에 데려다주기 위해 집을 나섰던 그날. 무슨 비가 그리도 세차게 오는지 온몸이 비에 흠뻑 젖고 거센 바람에 날아갈 것만 같았다. 아이들은 어떤가 싶어 뒤돌아보니 이수의 빨간 우산이 뒤집어져 있었다. 우산살은 휘고 부러져 이수는 홀딱 젖어 있었다.

망가진 우산을 쳐다보며 울음을 그치지 못하는 이수의 귀에 대고 "집에 돌아올 때까지 너의 새 우산을 고쳐놓을게"라고 말했다.

이수는 그제야 겨우 울음을 그치고, 내게 손을 흔들어 인사해주었다.

어린이집을 나오면서 아까 세워놓았던 이수의 새 우산을 어떻게 고쳐야 할지 생각하려는데……. 앗! 저기 어떤 할머니 한 분이 이수의 우산을 밟아 납작하게 만들고 있었다. 이수의 새 우산은 고물상 리어카에 실려 서서히 멀어져가고 있었다.

빗줄기가 수그러들길 기다렸다가 서둘러 다시 시장에 갔다. 마침 할머니가 한구석에서 여전히 우산을 팔고 계셨다. 얼른 뛰어가 빨간 우산을 사려고 했는데 보이지 않았다. 대신 같은 모양의 노란색 우산만 있었다.

난 그것이라도 사들고 집으로 돌아왔다. 곰곰이 생각하다가 책상 위에 있는 물감으로 칠하기 시작했다. 이수가 좋아하는 빨간색으로.

색칠한 티가 좀 나더라도 이수를 실망시키고 싶지 않은 마음에 어쩔 수 없었다.

그날 이수는 집에 돌아와 멀쩡해진 우산을 보며 기뻐했다. 그 모습을 보며 나 또한 기뻤다.

그 날 이후 계속 비가 왔고 빨간 물감으로 칠한 우산을 쓰며 이수가 물었다.

"참 이상하지? 왜 빨간물이 자꾸 나와, 엄마?"

훗날 이수가 말했다.

"엄마, 사실 그때 알고 있었어. 엄마가 내 마음 아프지 말라고 그렇게 한 거잖아. 진짜 고마웠어."

우태의
기쁨

까불까불거리며 조심성이라고는 한 치도 없어 보이는 둘째 우태는 시간만 나면 어디론가 사라져 있다. 숨바꼭질을 하나 싶어 찾아보면 정말 생각지도 못한 곳에 몸을 숨겼다가 불쑥 고개를 내민다.

어느 날은 우태가 없어져서 찾아보니 텃밭 앞에 쭈그리고 앉아 그곳에서 무언가를 한참동안 들여다보고 있었다.
"엄마, 난 식물이 참 좋아."
뛰어놀다가도 '잘 크고 있나' 하고 잎사귀를 쓰다듬고 가는 우태의 모습에서 식물들을 향한 사랑이 전해져온다.
식물이나 동물을 볼 때 우태의 눈은 호기심으로 빛나고 있었다.
나들이를 갈 때도 우태는 늘 맨 뒤에서 뒤쳐져 온다.
그냥 걷기만 하는 게 아니라 하나하나 다 들여다보고 싶기 때문이다.
그때마다 기다려주고 생김새에 대해 같이 이야기하다 보니 "왜?"라는 질문이 늘고 우태의 관심이 커져가고 있었다.

나는 우태의 흥미를 키워 주고 싶었다.

그래서 우태와 동물 사전, 식물 사전 등을 함께 보며 이야기를 나누기도 하고 주제를 정해 그림을 그려보기도 하였다.

높은 곳에서 나는 새를 오랫동안 바라보던 우태가 말했다.

"엄마, 저 새는 친구가 있을까? 저렇게 혼자 날고 있어서 쓸쓸해 보여."

옆에 있던 이수가 듣고 말했다.

"우태야, 저 새는 쓸쓸하지 않아. 지금 바람과 함께 있어."

"바람?"

"응, 바람은 많은 걸 알고 있을 것 같아. 바람은 우리가 모르는 먼 나라의 메시지도 전해줄 수 있어. 잘 들어 봐."

이수가 얘기했다.

"아무것도 안 들리잖아!"

우태가 말했다.

"아니야, 들어 봐. 눈을 감고 집중해봐."

"앗! 들린다. 형이 숨 쉬는 소리가 들려!"

"뭐?"

둘의 잡기 놀이가 시작되었다.

그 와중에도 식물이 다칠까 봐 조심조심 뛰어다니는 우태의 몸짓이 저 새처럼 가벼워 보였다.

우태의 궁금증은 날로 더해졌다.

"아빠, 식물은 추운 겨울 동안 얼어 죽었다고 생각했는데 봄이 되면 다시 살아나서 또 꽃을 피우는데 어떻게 그럴 수 있지?"

"아빠, 비는 어떻게 오는 거야?"

"아빠, 바람은 어떻게 불어?"

"우태가 궁금한 게 많구나? 차근차근 설명해 줄게. 잘 들어봐. 먼저 식물은 겨울 내내 얼어 죽는 게 아니야. 얼어 죽는 식물들도 있지만 미리 씨앗을 뿌려놓거든. 얼어 있던 땅속에서 잠자던 씨앗은 다시 잎이 되고, 나무가 되고, 꽃이 되고, 열매를 맺는 거야.

겨울 동안 죽지 않는 여러해살이 식물들은 몸을 웅크리듯 에너지를 아끼기 위해 나뭇잎도 떨구고, 열매도 떨구고, 잘 자라지도 않지. 그래서 나무의 나이테 알지? 그런 무늬가 생기는 거야. 여름엔 많이 자라서 두껍고 노랗게, 겨울엔 조금 자라서 얇고 갈색이야."

"우와~ 그런 거였어? 그래서 나이테가 생기는 건지 처음 알았네! 난 그냥 나무는 오래오래 사니까 나이를 까먹을까 봐 나이 한 살 더 먹을 때마다 나무 속에다 그어놓은 줄 알았지."

"하하하, 그렇게 생각할 수도 있겠네. 기발한데? 그리고 비가 어떻게 오는지, 바람이 어떻게 부는지도 물어봤지? 비는 구름에서 오는 건 알지?"

"응, 알아. 하늘이 시꺼먼 구름으로 덮이면 비가 막 쏟아져."

"그래, 비는 구름에서 떨어져. 구름은, 저기 보이는 태양이 바닷물을 따뜻하게 데워서 올라간 수증기로 만들어지지. 그 비를 맞고 또 태양빛을 받아서 식물들이 자라나고, 작은 짐승들은 그 풀을 먹고 살아가. 그리고 또 더 큰 짐승들은 작은 짐승들을 먹고, 저 새들은 나무 위에 열매를 먹기도 하고 말이야. 수많은 동식물이 서로 영향을 주고받으면서 살아가고 있어. 태양은 또 바람을 데워서 움직이게 해. 그 바람을 타고 저 새들은 날아가고 있어. 참 신비롭지?"

난 옆에서 거들었다.
"맞아. 우리들도 누군가를 사랑하고 누군가에게 도움을 받지 못하면 살아갈 수가 없어. 이수도 우태도 너희를 필요로 하는 사람들을 위해 살아가고 있는 걸지도 몰라. 저 새처럼."

매일
생일 축하해

유정이가 우태에게 이렇게 얘기한다.

"오빠, 생일 축하해."

우태는 갸우뚱거린다.

"생일이 아닌데 왜 생일 축하를 해?"

옆에서 유담이도 말한다.

"그러게."

유정이가 또 말했다.

"엄마, 생일 축하해."

"고마워, 그런데 엄마 생일 아닌데?"

그렇게 말하는 나에게 유정이는 또다시 "엄마, 생일 축하해" 하고 말했다.

지나가던 이수가 내 귀에 속삭이며 얘기해주었다.

"유정이가 말한 '생일 축하해'는 '기분 좋게 지내'라는 뜻이야, 엄마"

"이수야, 넌 그걸 어떻게 알았어?"

"어, 그게 말이야. 나도 처음엔 유정이가 계속 생일 축하한다고 하기에 생일이 아니라고 답했었는데, 계속 들으니까 다른 뜻이 있을 거라는 생각이 갑자기 들었어. 그래서 가만 생각해보니 생일 파티가 있는 날이면 유정이가 많이 즐거워하니까 그런 뜻이 아닐까 싶었어."

깜짝 놀랐다. 이수가 이렇게 유정이의 마음까지 헤아리고 있다니.

언젠가 공원에 갔다가 아이들 넷이 한참을 뛰어놀게 두고 벤치에 앉아 있는데 이수가 다급하게 뛰어와서 내게 말했다.

"엄마, 나 이제 유정이를 조금 이해하게 되었어. 그리고 유정이가 나를 이해하는 것보다 내가 유정이를 이해하는 게 더 기쁘다는 사실도 깨닫게 되었어."

"참 반가운 일이다. 유정이를 이해하기까지 시간이 꽤나 필요하다고 생각해 한참 뒤에나 듣게 될 줄 알았던 말을 이렇게 일찍 듣게 되다니. 엄마도 정말 기쁘다. 우리 이수가 이렇게 크다니 엄마가 정말 기뻐. 고맙다."

이수가 이어서 하는 말이다.

"엄마, 나 또 깨달았어. 이렇게 엄마가 기뻐하니까 나 또한 기쁘다는 사실을."

힘든 점이 너무나 많은 중에도 원망보다는 이해를 하는 이수에게 참 고마웠다.

우태, 유담이도 좀 더 크면 서로 이해하고 아껴주는 사이가 되지 않을까 생각한다.

단둘의
데이트

'마음이 울렁울렁거린다.

어른에겐 보이지 않아. 아이들의 세계가.

내게 멋진 여행을 선물해주지……'

아이들 한 명씩과 같이 있을 때 드는 내 마음이 이렇다.

"엄마! 거미의 종류에 따라 거미집의 모양도 다 달라. 엄마도 알고 있었어?"

우태는 집 밖에 살아가는 생물들을 관찰하고, 나에게 이런저런 얘기를 해준다.

"엄마! 아까 내가 읽은 책에 이런 말이 있었어. 이것이 진리가 아닐까 하는 생각이 들었어.

뭐냐하면, 착한 일을 하라. 그러면 그것이 차고 넘쳐서 나에게로 돌아오리라. 어때?"
이수는 본인이 깨달은 사실이 있으면 반드시 내게 와 말을 한다.

아이들마다 각자의 이야기가 있다. 그 이야기에 집중해서 잘 들어주기 위해 난 일주일에 한 번씩 아이 한 명씩과 데이트를 한다. 어제는 우태, 오늘은 이수 그리고 내일은 유담 그다음 날은 유정이. 그다음 주에 또 같은 차례로 데이트를 한다.

차 마시며 수다 떨기를 좋아하는 이수와는 주로 도서관에서 빌린 책을 들고 카페에 가서 읽고 토론을 하거나, 아니면 일상의 이야기들을 주고 받는다. 이수와 이야기하다 보면 너무 즐거워서 시간 가는 줄 모를 때가 많다.
"엄마! 나 오늘 유담이와 유정이한테 요술 지팡이 하나씩 만들어줬더니 좋아서 거기에 물감으로 색칠도 하고 서로 자랑하고 노는 거 보니까, 왜 내 것을 만들 때보다 더 뿌듯하고 기분이 좋은지 모르겠어."
참 기특하다. 그래서 꼭 안아주고 머리를 쓰다듬어준다.

우태는 새를 좋아해서 앵무새 체험관이나 식물원에 가면 좋아서 어쩔 줄 몰라 한다. 우태가 관심 있어 하는 것을 함께 관심 가져주고 물어주며 함께 다니면 집에 와서도 들떠 있어 형에게 자랑하기도 한다.
"형아! 오늘 엄청 큰 앵무새를 봤는데, '안녕' 하고 말했어. 담엔 같이 가보자. 그리고 나, 어린이날 선물을 정했어. 새를 키울 거야. 그리고 내가 길들일 거야. 나의 친구로."

"엄마, 내가 새를 키우면 그 새가 나를 대신해서 하늘을 날고, 내가 보고 싶어 하는 걸 새를 통해서 본다고 상상하게 되어 기분이 좋아져."

유담이는 공주 이야기만 하면 조용하게 귀를 열어 집중하고는 정말 예쁜 공주가 되고 싶어서 상상 속으로 나를 데려가곤 한다. 난 유담이가 커서 정말 예쁜 공주가 되길 바란다. 다만 겉모습을 치장하고 그것에만 관심을 둔다면 진정 예쁜 공주가 될 수 없다고 하니까 유담이가 이렇게 말했다.

"그럼 나 천하장사 공주가 될래."

"뭐라고?"

"엄~마! 난 어린이집에서 천하장사라고! 나보다 힘센 아이는 없어. 그냥 예쁜 공주 말고, 힘이 센 공주 할래."

매해마다 어린이집에서 하는 행사 중에 씨름이 있는데 세 살 때부터 쭉 유담이가 천하장사가 되었고, 선생님들이 '천하장사 만만세' 노래에 말까지 태워주신다고 한다.

특별한 일이 있어서 어린이집을 결석이라도 할라 치면 선생님들이 "안 돼요. 오늘 결승전인데 유담이가 유력한 후보라서 꼭 와야 해요"라고 말하셨다.

"유담아! 네가 그 센 힘을 약한 사람들을 위해 쓸 수 있는 정의로운 천하장사 공주가 되길 바랄게."

"응, 엄마! 나 매일 연습할 거야."

가끔 설거지를 하다가도 어디선가 "엄마!" 하고 부르는 소리가 나서 뒤돌아보면 유담이가 나무 의자를 번쩍 들고 환한 미소와 함께 아슬아슬하게 서 있다.

어쩔 땐 오빠 우태까지 들려고 "으라차차" 소리를 내며 힘을 쓰면 오빠는 비웃으면서 "뭐 하냐?"고 말한다.

귀여운 우리 유담이의 마음은 이미 천하장사 공주다.

평소에 오빠에게 엄마를 빼앗긴다는 생각이 많은 유담이는 둘이서 함께하는 시간이 무척이나 좋은지 "엄마, 우리 다음에 또 둘이서 놀자. 다음엔 엄마랑 같이 별 보러 가고 싶어"라고 말한다.

유정이는 아직 못 가본 곳이 많다.

처음엔 바다며 산이며 숲속을 거닐 때도 세상에 처음 나온 새처럼 파닥였다.

유정이는 다른 아이들이 이거 사달라 저거 사달라고 떼쓰는 장소로 유명한 마트도 우리와 난생처음으로 갔다. 그 아이는 아무 말 없이 눈을 동그랗게 뜨며 환히 웃기만 했다. 엄마와 단둘이 이런 곳에 얼마나 와 보고 싶었을까? 그래서 유정이와는 지금껏 안 가본 곳을 하나씩 가 보고 있다.

그리고 아빠와 공부도 한다. 단어 하나하나를 정확하게 발음하게 하기 위해서 아빠가 낱말 책들을 들고 그림을 보며 하나씩 따라 읽게 한다. 그림을 보다가 재미있는지 제법 잘 따라하고 더 하자고 한다.

아무 말도 못하던 유정이가 빠른 속도로 익히는 걸 보면서 관심 밖의

식물이 말라가는 것처럼, 조금 더 사랑을 주고받다 보면 우리 가족 모두 반짝반짝 빛날 거라 믿는다.

유정이의 앞날에 더 밝은 빛이 되어주기 위해 우리 가족 모두 힘든 점들을 서로 보듬어주며 유정이에게 힘을 모아 주고 있다.

아이들 넷 모두 각자의 시간 속에 생각을 나누고 놀다 보면 놀랄 일도, 웃을 일도, 울 일도 많지만, 그것 모두가 우리의 행복이라 생각한다.

달걀찜

집에 친한 동생이 놀러 왔다. 아이들은 삼촌이 왔다며 신이 나 있었다. 언니도 조카 둘을 데리고 와서 아이들 여섯이 신이 나서 시끌시끌하다. 언니는 한창 분주하게 저녁밥을 차리는데 이수가 와서 내 귀에 대고 얘기한다.

"엄마, 내가 좋아하는 달걀찜이 끓고 있어. 나 오늘 밥 엄청 많이 먹을 거야. 히히."

언니가 우렁찬 목소리로 부른다.

"밥 무라! 퍼득퍼득 온나! 니는 여기 앉고, 니는 여기 앉고……."

이수의 밥그릇엔 밥이 산처럼 쌓여 있었다.

"잘 먹겠습니다!" 씩씩하고 우렁찬 그 목소리에 얼마나 기분이 좋은지 알 수 있을 정도였다.

그런데…… 이수가 갑자기 입을 열었다.

"달걀찜의 맛이 달라. 이모, 지금까지 해줬던 달걀찜이랑 오늘 맛이 왜 달라?"

이수 얼굴에 실망한 기색이 그대로 드러나 있고, 계속해서 말을 뱉었다.

"예전과 맛이 달라. 맛이 없어."

다른 아이들까지 "맛없어, 맛없어!" 하며 줄줄이 똑같은 말을 내뱉었다.

이모는 얼른 대꾸했다. "그래도 오늘 한 게 다싯물을 엄청 진하게 빼서 한 거라 몸에는 훨씬 좋다. 그냥 무라!"

이수는 질세라 "맛이 없다고!" 하며 짜증을 냈다.

듣고 있자니 화가 났다.

힘들게 밥을 해준 이모에게 맛이 없다니, 그런 말을 들어도 끄떡도 않는 이모라 할지라도 예의가 아닌 것 같아 이수에게 단호하게 말했다.

"이렇게 예의 없는 말은 정말 듣기 싫구나. 열심히 해준 성의를 봐서라도 맛있게 잘 먹겠다고 해야 하잖아! 너네가 그렇게 말하면 이모는 마음에 상처받을지도 모른다고! 다른 사람도 아닌 이수가 그런 말을 하다니 정말 실망스러워."

이수는 고개를 떨구고 조용히 "알겠어"라고 말했다.

밥을 먹는 내내 조용히 있길래 나도 조용히 있었다.

마음이 영 불편했다. 내가 아이들에게 이런 기본적인 것도 못 가르친 건가 싶기도 하고. 이수 삼촌까지 와 있는데 이런 이야기를 듣고 있던 남동생이 어떻게 생각할까도 머릿속에 스쳐 지나갔다.

식사가 끝나고 다들 돌아가고 난 뒤에 이수가 입을 열었다.

"엄마 얘기 좀 해. 아까는 미안해."

나는 대답했다.

"괜찮아. 하지만……" 하면서 또 잔소리를 늘어놓았다.

이수는 다 듣고 나더니 나를 안아주면서 이렇게 얘기했다.

"엄마! 난 엄청 기대를 했어. 그래서 밥도 엄청 많이 펐다고. 머릿속에서는 나도 알아. 맛있다고 잘 먹겠다고 말해야 하는 거. 하지만 가끔은 마음이 머리를 이기는 경우가 있어. 엄마가 그랬잖아, 다른 사람 생각해서 너무 참지 말라고. 아까 그랬어. 가끔 그냥 있는 그대로 말해도 봐줄 수 있는 사람이 있다는 게 난 좋아. 이미 나를 안다면……. 믿어주면 좋겠어. 이모한테 상처주려는 게 아니라는 말."

"……."

난 말을 잇지 못했다.

"그래도 엄마! 내가 좀 더 크면, 다른 사람에게 있는 그대로 말하지 않아도 참는 게 아니라 다른 사람을 더 많이 생각하게 되어서 그냥 기분 좋게 먹을 수 있을 것 같아. 미안해."

그냥 이수를 안아주었다. 왠지 모르게 미안했다.

밤에 잠이 든 이수를 물끄러미 바라보고 있으려니 많이 부끄러웠다. 그리고 뭐가 미안한지 알게 되었다.

삼촌도 이모도 우리 가족 모두 모인 곳에서 이수에게 '네가 잘못한 게 확실해'라는 어투로 내가 몰아 세운 건 현명하지 못한 행동이었던 것이다.

아이에게 실망했다는 말도 하지 말았어야 했다.

그런 말을 들은 이수는 얼마나 가슴이 아팠을까. 난 참으로 바보다.

'그래, 어찌 매사에 반듯하고, 듣기 좋은 말만 하며 살 수 있겠는가. 가끔은 마음이 시키는 대로 싫으면 싫다고 말할 수도 있는 거지. 나쁜 마음으로 얘기하는 것이 아니었는데, 이수 말대로 이수를 제일 잘 알고 있는 내가 믿어주질 못하고, 남을 배려할 줄 모르는 사람 취급을 해버리고 혼냈구나. 조용히 나중에 이수에게만 따로 이야기할 수도 있는 건데…… 내가 이수에게 다른 사람 시선을 너무 의식하지 말라고 얘기해놓고, 정작 내가 오늘 온 동생과 언니만 너무 의식해서 이수를 믿지 못하고 야단만 쳤구나.'

이수의 이마를 쓸어내리며 아직 모라란 나의 모습을 자꾸 반성하게 되는 날이었다.

'이수야, 미안해. 달걀찜은 엄마가 내일 맛있게 해줄게.'

부끄러운
나

예전에 소록도에서 같이 봉사 활동을 했던 오빠에게서 편지가 한 통 왔다. 오랜만의 소식이라 반가운 마음에 얼른 뜯어 보았다. 그런데 편지의 내용은 기대와 달리 우울함으로 가득 차 있었다.

"나윤아, 참으로 많은 이야기를 하고 싶었는데 생각이 엇나가고, 생활이 엇나가고, 삶이 엇나가면서, 그럭저럭 미뤄 둔 세월의 이야기들이 꽤 두툼해졌네. 이번에 치매를 앓고 계시던 엄마가 교통사고를 당하셨어. 엄마를 간병하면서 짧게 무언가를 쓰고 싶은데 아마도 길어지지 싶다. 아직도 내공이 부족한지라 촌철살인이 안 된다"라는 말로 시작하는 편지였다.

"이제까지 나의 삶이 거짓이라는 것을 엄마를 간병하면서 뼛속까지 확실하게 알았어. 치매에 걸린 엄마가 매사에 억지만 부리고 어디론가 사라져버릴 때는 속에서 분노와 짜증이 올라와 내 자신조차도 외면하고 모른 척하며 살았던 진짜 내 모습을 발견할 수 있었어. 내가 무엇이 된다면 그럭저럭 쓸 만한 존재가 될 것이라 믿어 의심치 않았던 것들이 얼마나 가증스러운 것들이었는지 알게 되었다."

오빠의 편지에 묻어나는 힘듦의 무게가 내 마음을 무겁게 했다. 먼 곳에서나마 내게 위로받고 싶은 마음이 가득했을 텐데 내가 해줄 수 있는 건 오직 몇 마디뿐이었다. 오빠에게 답장을 쓰면서도 미안하고 또 미안한 마음이 들었다.
힘들어하는 사람에게 이렇게 '힘내'라는 말밖에 할 수가 없다니.

다음번에 온 오빠의 편지에는 이런 표현이 있었다.
"나윤아, 난 오늘 내 안의 악마를 보았다."

그 착한 오빠가 이 정도의 표현을 쓸 정도라니 얼마나 힘든 상황일지, 감히 상상조차 되지 않았다. 오빠는 엄마를 간병하는 동안 스스로 발견하게 되는 감정들을 내게 얘기해 주었다. 오빠의 편지에는 늘 가슴 아픈 내용이 담겨 있었다.

그 편지를 받고 이듬해에 난 유정이를 집으로 데리고 왔다. 그리고 1년 정도 지났을까? 유정이가 없었으면 겪지 않아도 될 일들을 눈물로 견뎌 내며 괴로워 하던 때에 불쑥 오빠의 편지가 떠올랐다. 그제야 오빠가 썼던 그 글의 진의를 알게 되었다.

자기가 직접 겪지 않은 타인의 고통은 절대 쉽게 이해할 수 없다는 걸 깨달았다. 옆에서 해 줄 수 있는 것은 그저 들어주고, 진심을 담은 위로를 전해 주는 것뿐. 하지만 비록 타인의 고통을 제대로 알지 못한다고 하더라도 상대방에게 전할 수 있는 만큼의 위로와 이해를 전하면 그 사람에게 큰 힘이 된다는 사실도 알게 되었다.

유정이가 온 뒤로 새벽에 일어나 오줌 싼 이불을 빨고 유정이를 씻기는 날이 반복되면서 불면증이 찾아오고 몸이 서서히 약해져갔다. 유정이와의 소통이 잘 되지 않아 감정이 불거져가는 아이들의 마음을 하나씩 다독거리기 바빴다.

몇 년 동안 이 갈등을 완화시키고 가족회의를 통해 서로의 차이를 잘 이해하고 좋은 변화를 만들어나가기 위해 노력하는 동안 나의 가슴이 새까맣게 타고 있음을 알지 못했다.

그로부터 2년이 지난 어느 날, 운전하고 가는 도중에 갑작스런 가슴 통증이 느껴지며 숨이 잘 쉬어지지 않았다.

잠을 못 자 머리가 아프고 눈이 따끔거렸지만, 내가 해야만 하는 일들이 태산 같았다.

예전에 전해 들은 오빠의 힘듦이 고스란히 느껴지면서 가슴이 뜨거워지고, 눈에선 하염없이 눈물이 흘러내렸다.

이제까지의 나의 삶이 거짓이라는 것을 난 유정이를 통해 알게 되었다.

나도 내 안의 악마를 본 것이다.

오빠가 보내온 편지를 다시 꺼내 보았다.

"우리는 각자의 야생을 받아들이고 혼돈을 겸허히 수용할 때 비로소 평화가 찾아오고 두려움 없이 오늘 하루와 일상을 행복하게, 아니 현명하게 행복을 꿈 꿀 수 있다"라는 오빠의 말을 이제야 공감할 수 있었다.

'우리네 삶이 인공적인 것으로부터 멀어지고 야생에 가까워질 때 자유로울 수 있다'라는 필립 시먼스의 말처럼, 우리는 야생을 갈망하면서 그것을 실천하려고 할 때 생기는 두려움과 불안 때문에 행동으로 옮기지 못하는 심약함을 가지고 있다. 나 자신을 알고, 이제는 헛된 것에 마음을 팔지 않고 내 자신이 하고자 하는 것에 마음을 두고 싶다.

무엇이 되든 안 되든 상관없이 내 자신이 좋아하고 기꺼이 받아들일 수 있는 일이라면, 그것이 죽음에 이르는 길이라도 절대 사양하지 않고 가야 한다고 생각한다. '무소의 뿔처럼 혼자서 가라'라는 말이 요즘처럼 마음에 꽂혔던 적이 없었다. 아무것도 증명되지 않은 길이라도, 내가 가야 할 길이라면 가야 하지 않을까?

유정이를 통해 부끄러운 나를 보았지만 진정한 나를 다시 돌아볼 수 있어 기쁘다.

잘못을 저지르고 조마조마하게 기다리다가 드디어 매를 맞고 홀가분

해진 기분이랄까.

이제는 벌거벗은 나를 부끄러워하지 않고 정면으로 바라볼 수 있을 것
같다.

유정이의
아픔

유정이를 우리 집으로 데리고 온 지 반년이 지나갈 무렵, 유정이가 감기에 걸렸다.

아침에 서둘러 아이들을 학교에 보내고 나는 유정이를 데리고 이비인후과에 갔다.

의사 선생님이 유정이의 코와 목구멍 그리고 귀를 찬찬히 살펴보시더니 느닷없이 "무슨 부모가 이 지경이 될 때까지 애를 놔두었냐"고 내게 화를 내셨다.

"조금만 관심을 가지고 보았더라면 이렇게까지 안 되었을 텐데 참 무심한 부모구먼. 어찌 이럴 수가 있을까?" 하며 나를 혐오하는 눈으로 쳐다보셨다.

"아니, 왜 그러세요? 무슨 문제라도……?"

"문제를 몰라요? 애가 이 지경이 되었는데? 고막이 아예 없잖아!! 다 녹아내려서! 이런 귀는 애기 때부터 중이염을 수십 번 앓아야지만 되

는 경우인데 어째서 한 번도 병원을 안 왔단 말이에요? 부모가 되어가
지고 이제 데리고 와서는 무슨 문제가 있냐니?"

너무 혼이 나서 아무 말도 할 수가 없었다.

유정이 귀에 고막이 없다니!

어쩌면 그럴 수 있을까? 나도 화가 났다. 그리고 그날 병원을 나오면서
마음이 너무 아파서 혼났다.

'보육원에서 유정이 귀에 대해 심각하게 얘기한 적은 없는데…… 내
가 왜 확인해보지 못했을까?'

난 유정이를 데리고 큰 병원으로 갔다.

귀에 관한 모든 검사를 다 받았다.

아직 어린 유정이는 귀에 기구를 갖다 대는 것만으로도 무서워서 울어
댔다.

피검사부터 시작해서 눕기만 하면 금방 끝나는 심전도검사를 받을 때
도 죽을 것처럼 울어대서 참 힘이 들었다.

의사 선생님 말씀으로는 수술을 해야 한다고 하셨다.

그리고 이미 왼쪽 귀는 청력을 상실했다고 하셨다.

수술을 해보고 청력이 돌아올지는 두고 봐야 한다고 하시는데…….

유정이를 바라보았다.

그동안 얼마나 많이 아팠을까.

'수십 번을 앓다가 결국은 한쪽 귀를 잃었구나.'

애기 때 좀 더 관심 있게 귀를 봐주었더라면 이런 일은 없었을 텐데 하
는 생각에 사로잡혀서 화가 나기까지 했다. 내 마음을 다스리느라 무

척 힘들었다.

유난히도 목소리가 커서 이수, 우태, 유담이 모두 귀를 막고 "너무 시끄러워! 유정이 목소리는 너무 커. 살살 얘기해도 되잖아!" 했었는데…… 알고 보니 귀가 안 들려서 목소리가 컸구나 싶었다. 얼마나 답답할까 생각이 들었고 모든 게 이해되기도 했다.

수술 날짜를 잡고 집으로 돌아와 남편과 아이들에게 유정이 얘기를 하자 모두들 유정이를 이해하게 되었다.

그리고 유정이는 수술을 받았다. 일주일 동안 유정이와 단둘이 병원 침대에 누워 유정이의 마음을 더 잘 이해해 주는 엄마가 되어야겠다고 마음 먹었다. 또 유정이가 어려움을 이겨낼 수 있도록 적극 도와야겠다고 생각했다. 평소에 둘만 있는 시간을 이 기회에 실컷 만끽했다.

유정이의 웃는 얼굴 뒤에 감춰진 유정이의 큰 슬픔이 있었지만 그 슬픔을 이젠 내가 함께 나누어 가지기로 했다. 우린 가족이니까…….

유담이의
슬픔

우태의 손톱, 발톱을 깎아주고 있었다. 그다음 이수를 부르고, 유정이까지 불러 손질을 해줬는데, 그다음 유담이 차례가 되어 불렀는데 오질 않았다.

"유담아! 빨리 와. 손톱 깎자."

유담이는 "나 안 깎아도 돼. 어린이집에서 깎았어"라고 답했다.

"그래? 알았어."

다음 번에도 그다음 번에도 이렇게 손톱을 깎을 때만 되면 유담이는 안 깎아도 된다고 말했다.

가만히 생각해보니 유담이의 손톱을 깎아준 지가 언제인지 기억조차 안 나는 것 같았다.

"유담아, 손 좀 봐. 진짜 안 깎아도 되는 거야?"

얼른 손을 감추고 말을 하지 않는 유담이가 조금 수상쩍어서 손을 내밀어 보라고 했다.

자꾸 뒤로 감추기만 하는 아이의 손을 억지로 잡아당겨 보았다.

아나나 다를까! 유담이 손톱이 조금밖에 안 남아 있고 손톱 주위로 발 갛게 살들이 부어올라 있었다. 손가락 끝이 아플 만도 한데 유담이는 계속 "안 아파, 나 안 아프다고!"라고 말했다.

난 "알겠어. 유담이 손톱이 이렇게 짧으니 길어지려면 시간이 좀 걸리 겠다. 그땐 꼭 엄마한테 말해줘야 해" 하며 안아주었다.

'이 아이에게 분명 뭔가 있구나.'

어느 날인가, 유담이가 무심코 손톱이 입에 들어가고, 심지어 발까지 입으로 올려 물어뜯고 있지 않은가.

그때마다 "유담아~ 유담아! 엄마 이것 좀 도와 줄 수 있어?" 하고 주 의를 돌렸다. 그리고 가족회의 때 유담이의 속내를 알려고 여러 차례 묻기도 했는데 유담이는 말이 없었다.

어느 날, 청소를 하고 있는데 방 한구석에 이상한 냄새가 진동을 하는 것이다.

어디서부터 왔는지 그 냄새를 쫓아가보았다.

벽과 책장 사이 좁은 틈으로 손을 넣으니 검정색 비닐봉지 여러 개가 줄줄이 나오는 것이다.

'누가 이런 곳에 이런 걸 쑤셔넣어 놓았지?'

비닐봉지를 벌려 안을 들여다보는데 정체 모를 시커먼 물건들이 가득 했다. 알아보기가 힘들어서 고개를 가까이 대고 보니 역겨운 냄새가 올라오기 시작했다. 자세히 보니 썩은 액체가 떠다니고, 이상한 노란 벌레들이 기어 다니고, 맨 위에 시퍼런 곰팡이가 수북이 덮여 있었다.

나도 모르게 소리를 질렀고 비닐봉지를 손에서 놓아 버렸다.

"이수야, 이수야. 이쪽으로 좀 와봐."

난 비닐봉지를 열 용기가 나지 않았다.

이수가 와서 보더니 "으악~"하고 놀래며 실눈을 뜨고 안을 하나씩 살펴보았다. "엄마, 이거 눌러보니 찐빵 같아. 이건 맛살, 이건 꼬마 핫도그. 으! 지독한 냄새! 이건 사탕, 머리핀도 있네. 머리띠랑 열쇠고리, 인형……. 이거 다 유담이 거야. 엄마"라고 말했다.

'유담이가 이런 곳에 어째서 먹을 거를 숨겨두고 먹지도 않고, 쌓아둬서 다 썩게 두었을까. 혼자 몰래 먹으려고 그랬나? 아직 어려서 음식이 썩는다는 걸 몰랐나? 숨겨둔 걸 잊은 걸까?'

난 유담이에게 말을 해야겠다고 생각하고 유담이를 불렀다.

"유담아, 왜 음식을 이렇게 몰래 숨겨두었어? 음식은 시간이 지나면 썩는 걸 몰랐어? 여기 곰팡이 피고 벌레까지 생긴 거 보이지?"

유담이는 아무 말이 없었다.

"유담아! 오빠들과 유정이한테도 나누어주기 싫었어? 같이 먹었더라면 이렇게 썩어서 버리게 되는 일도 없잖아!"

유담이는 아무 말도 하지 않고 눈물만 흘렸다.

난 더 이상 얘기하지 않고 유담이를 안아주었다.

몇 달이 지났을까.

정체를 알 수 없는 비닐봉지가 또 발견되었다.

이번엔 좀 단호하게 말해야겠다 싶어서 "유담아! 도대체 왜 먹는 걸 이런 곳에 숨겨 두고 혼자 먹으려는 거야?" 했더니 얼굴이 일그러지면서 울어 버렸다. 난 솔직히 유담이가 욕심을 부리는 것에 화가 났다.

며칠 뒤 새벽에 화장실에 가려고 깼다. 시계를 보니 3시쯤 되었을까.

그런데 캄캄한 어둠 속에 무언가가 꿈틀대는 게 보였다.

저쪽 한구석에 유담이가 벽 쪽으로 몸을 돌리고 웅크리고 앉아 흐느끼고 있었다.

나는 다가가서 유담이 어깨에 손을 얹고 "유담아~!" 하고 불렀다.

유담이는 살며시 뒤돌아 보더니 내게 와락 안겨 울기 시작했다.

"유담아, 잠 안 자고 왜 혼자 여기서 울고 있어? 나쁜 꿈이라도 꾼 거야?"

고개를 절레절레 저으며 눈물을 하염없이 흘리는 유담이를 보니 마음이 아파왔다.

이 어린애가 새벽에 혼자 울고 있다니 이렇게 되게 만든 내가 밉기까지 했다.

"유담아, 유담이가 지금 마음이 많이 속상하구나. 엄마가 네 마음 알아주지 못해서 미안해."

그때 유담이가 울먹이면서 뱉었던 말이 내 가슴에 오랫동안 남아 있다.

"엄마, 나 힘들어."

난 유담이를 더 꼭 안아주었고, 우리는 그렇게 같이 울었다.

"유담아, 뭐가 그렇게 너를 힘들게 하는 거니? 엄마랑 함께 나누자. 그러면 덜 힘들어질 거야."

"유정이…… 유정이……."

'아이고, 우리 유담이가 유정이로 인해서 힘든 걸 많이 참고 있었구나.' 난 마음이 아팠다.

유정이로 인해 받는 스트레스 때문에 유담이가 기이한 행동까지 하고, 손톱을 물어뜯고 목놓아 괴성을 지른 것이구나. 이런 유담이에게 욕심이 많다고 다그치듯 얘기한 것도 미안하고, 혼자 힘들어했을 그 시간들을 생각하니 마음도 아팠다. 유담이에게 더 신경을 많이 써야겠다고 다짐했다.

"참, 그리고 보니 엄마가 오빠들은 엄청 많이 업어준 것 같은데 우리 유담이는 너무 많이 못 업어준 것 같아. 미안해, 유담아. 앞으로는 엄마가 우리 유담이를 업어주고 자장가도 불러주고 재워줄까?" 했더니 어느새 "응!" 하고 화색이 돈다.

난 그날 새벽에 유담이를 업고 내가 알고 있는 잔잔한 노래들을 연이어 불러 주었다.

사랑스러운 나의 유담이는 그렇게 천천히 슬픔을 잠재웠다.

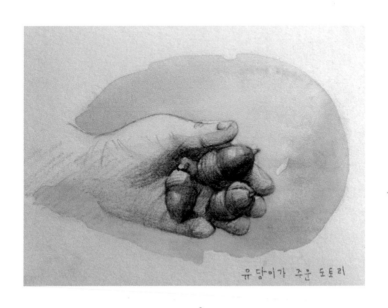

유담이가 주운 도토리

유담이에게 욕심이 많다고 다그치듯 얘기한 것도 미안하고,
혼자 힘들어했을 그 시간들을 생각하니 마음도 아팠다.
유담이에게 더 신경을 많이 써야겠다고 다짐했다.

영원한
친구

어느 날 이수가 와서 내게 두서없이 이런 얘기를 했다.

"엄마! 나중에 커서 만약 우태가 나보다 힘들다면 우태가 다시 일어설 수 있게 도와줄 거야."

여러 자식들을 키우는 부모에게 이보다 뿌듯한 말이 있을까? 이수가 먼저 와서 내게 이런 말을 할 줄은 생각지도 못했다.

"이수야, 고맙다. 엄마는 너희들이 나중에 커서도 그 어떤 이유도 없이 서로에게 지금과 같은 애정을 가지고 있기를 바라고 있어."

옆에서 뛰어오던 우태가 이어서 말했다.

"엄마, 난 나중에 이수 형아가 아파서 죽어가면 내가 대신 죽을 거야. 형아가 살 수만 있다면 내가 대신 죽을래."

"엄마, 나도 우태가 그러면 기꺼이 죽을 수 있어."

"하하하, 엄마는 참 기쁘다. 너희들이 이렇게까지 서로를 생각하고 있을 줄 몰랐어. 나중에 엄마가 없어도 너희들이 지금처럼 서로를 생각하면서 살아간다면 엄마는 안심이 될 것 같아."

이수, 우태는 형과 동생이지만 서로를 바라볼 때는 위아래가 없다.
서로를 각각의 인격체로 존중해 주고 바라보고 있는 듯 하다.
각자가 좋아하는 것이 다르고 생각이 달라도 내 것이 옳다고 주장하거
나 상대를 비방하지 않는다. 물론 가끔은 흔한 사탕 하나로 먼저 먹겠
다며 싸울 때도 있지만.
진정 가슴속 깊은 곳에 서로를 아끼는 마음을 아니까 두 사람은 자신
있게 얘기한다. "엄마, 우린 영원한 길동무야"라고.
두 아이가 흥얼거리며 함께 부르는 노래가 참 듣기 좋다.

사랑하는 내 동무야.
너를 보면 꽃 같아.
외로울 때 너를 보면
어느새 환해지네.

만약 니가 힘들 때
꽃이 될 수 있다면
우리 서로 꽃이 되어
영원히 사랑하자.

이수의
세 번째 이야기

이수가 '입양'이라는 주제로 동화를 쓰겠다고 처음 이야기를 꺼냈을 때 속으로 많이 놀랐다. 아이가 이렇게 그 일에 대해서 깊게 생각하고 있었다는 걸 짐작조차 하지 못했었다. 그리고 그 이야기 속 주인공은 유정이겠구나 생각했었는데, 쓴 내용을 보니 이수 자신의 이야기였다. 유정이가 오고 나서 달라진 생활에 대해 이수의 시선에서 입양 이야기를 쓴 것이다.

짧은 글과 그림으로 한 페이지를 완성했을 때, 난 그 안에 얼마나 많은 이야기들이 함축되어 있는지 단번에 알 수 있었다. 우리 서로 말하지 않아도 힘들었던 그 몇 년간의 일들을 글과 그림에 담은 것이다.

이수는 매일 학교 다녀와서 글을 쓰고 그림을 그린 뒤 내게 달려와 물었다.

"엄마, 유정이가 우리보다 얼마나 더 발달이 느린 거지? 얼마나 더 클

수 있어?"

"엄마가 유정이 처음 만났을 때 느낌이 어땠어?"

"엄마, 나도 유정이 나이 때 떼쓰고 울고 소리 지를 때가 있었잖아. 그런데 어느 순간 내가 엄마 말을 알아듣기 시작할 때 엄마 기분이 어땠어?"

"엄마, 난 이 글을 읽으면 막 설레는데 엄마도 그래?"

뭐가 그리 조급했는지 매일같이 책상에 앉아 고개를 박고 끊임없이 글을 쓰고 그림을 그려댔다.

오랜만에 쉬는 주말에 햇볕을 쬐고 있는데 작업실 문 앞 데크에 사마귀 한 마리가 나타났다. 유난히도 사마귀를 무서워하던 나는 기겁을 하며 도망갔다.

이제 멀리 갔겠거니, 하고 다시 돌아와서 쳐다보니 이수가 그 사마귀와 놀고 있었다.

그렇게 하루 종일 사마귀와 같이 있다가 해질 무렵 그 사마귀와 헤어진 뒤 이수는 다시 책상 앞에 앉았다. 그리고 말했다.

"엄마, 내 이야기에 좀 더 진한 감동을 오늘 넣었어. 그 역할을 사마귀가 할 거야."

그렇게 해서 사마귀는 이수의 그림책 이야기에 등장하게 되었다.

이야기를 쓰는 중에도 이수가 생활하며 발견하는 사소한 일들이 또 작은 이야기가 되어 책에 스며드는 모습을 보니 아이의 순수함과 막힘 없는 창의력이 마냥 부럽기만 하다. 그리고 그러한 창의력이 대상을 자세히 들여다보는 관찰력에서 시작된다는 것을 다시 한 번 깨달았다. 나는 무서워서 피하려고만 했던 사마귀를 하루 종일 들여다보고 만져 보고 놀아가며 감정을 넣어보고 감탄할 줄 아는 능력과 시간들이 그런 새로운 이야기들을 만들어내는 힘이 아닐까?

작은
관심

많은 이들을 고통에 빠지게 했던 IMF 시절 일이다. 그때 우리 가족도
어려움을 피해갈 수는 없었다. 대학교 1학년 때 나는 갑작스레 찾아온
위기에 더 이상 편히 학교를 다닐 수 없게 되었다. 학비는커녕 최소한
의 생계비마저도 떨어지는 상황에 닥쳐 휴학을 하고 일자리라면 무엇
이든 찾아서 할 수밖에 없는 나날이 계속되었다.

어느 날 길거리 장사를 하고 지친 몸을 이끌고 집으로 오는 길에 평소
에는 아무것도 아니라는 듯 스쳐 지나가던 성당이 시야에 들어왔다.
그날따라 갑자기 들어가고 싶은 마음이 들어 그곳으로 발을 돌렸다.
평일 밤 늦은 시간의 성당에는 불이 다 꺼져 있어 어둡고 스산하여 영
성체를 모셔놓은 장소의 은은한 빛을 따라 갔다. 성당 가장 앞자리에
조용히 앉아 예수님께 기도를 올렸다.
'언제쯤 되어야 이런 고통스러운 시간이 끝날까요?'

온종일 안고 있던 긴장을 내려놓고 온 마음을 다해 내 얘길 들어달라고 떼를 쓰는 아이처럼 십자가에 있는 예수님을 간절하게 바라보는데 어디선가 흐느끼는 소리가 들렸다.

반대편 끝 쪽에 조그맣게 웅크린 사람의 그림자가 보였다. 혼자라고 생각하다가 갑자기 보인 그림자에 순간 섬뜩했지만 자세히 보니 내 또래로 보이는 아가씨가 웅크린 채 흐느끼고 있었다.

근처로 살며시 다가가니 아가씨는 터져나오는 울음을 온몸으로 참으며 눈물을 떨구고 있었다.

나는 호주머니에서 손수건을 얼른 꺼내어 '괜찮으시면 이걸 쓰세요'라는 마음으로 바로 옆에 조용히 놓고는 성당을 나왔다. 그러고 몇 달이 지났을까······. 밤늦게까지 지친 다리를 이끌고 집에 돌아오는 길에 그 성당에 또 들렀다.

성당에 들어서니 앞자리에 앉아 있던 누군가가 내가 들어서는 모습을 보고 일어서서 다가왔다. 그때 만났던 그 아가씨였다. 반가워하며 웃는 얼굴로 손수건을 건네주었다. 그러고는 내가 주었던 그 손수건 한 장이 '이제 그만 이 삶을 포기하고 싶다'라고 마음먹고 있었던 자신에게 '그래도 세상은 살 만한 곳'이라고 느끼게 해주었다고, 꼭 나를 다시 만나 그 손수건을 돌려주고 싶어 매일 밤 성당에 와서 나를 기다렸다고 말했다.

그 일을 계기로 우리는 그동안 살아오며 힘들었던 이야기를 나누고 앞으로 살아갈 이야기들을 꿈꾸며 서로의 상처를 보듬어 주었다. 우리 앞에 놓인 이 고통들이 언젠가는 끝이 나고 분명히 좋은 날들이 올 거라 믿으며 서로에게 힘을 북돋아 주었다. 그날의 그 기억은 나에게도 값진 기억으로 남아 있다.

작지만 큰 힘이 되는 것은 누군가의 관심이다.

가난한
기쁨

우리가 생각하지 못하는 아주아주 사소한 일들에 빈곤이 닥치면 보이지 않던 감사함이 보이기 시작한다.

20대에는 그런 감사함에 힘을 얻었고, 웃음을 잃지 않으려 노력했다.

힘든 일들과 우울한 생각이 나를 절망의 나락으로 빠지게 했을지 모르지만, 난 그걸 선택하지 않았다.

쉽지 않았지만 어려운 상황에서 딛고 일어서는 일 외에는 할 수 있는 것이 없었기 때문에 가장 협소하고 어두운 곳에서의 물 한 모금은 굉장히 감사한 일이라는 것을 알게 되었다.

며칠을 굶었는지 모르겠다.

길을 지나가다가 누군가가 빵을 먹고 있는데 얼마나 먹고 싶었는지 나도 모르게 간절한 눈빛을 보내고 있지 않은가……. 그때 빵을 반으로 뚝 잘라 나누어 주던 그 사람을 난 아직도 기억한다.

그만큼의 기쁨은 지금 내가 모든 사람들에게 보여주고 싶은 기쁨이 되어 누구를 만나도 난 나의 모든 것을 나눈다.

그날 밤 자려고 누웠을 때 속으로 얘기했다.

나에게 소원이 있다면

내일 아침에 일어났을 때 빵이 방 안 가득 차 있었으면 좋겠다고.

그때 왜 이런 소원을 빌었을까.

500원짜리 빵 하나 사 먹는 것도 아까워서 아끼고 아끼던 시절이었다.

나는 참 가난했다.

아무도 모른다.

나의 고통이 얼마나 처절했는지…….

머리로만 이해하려면 아무도 이해하지 못한다.

정말 힘든 시간이었다.

그래서 사람들을 만나면 아무도 이해하지 못하는 일에 난 감히 그럴 수 있다고 얘기한다.

"나라도 그럴 것 같아"라고 말이다.

분명 이유가 있으며 무조건 그 사람이 나쁜 건 아니라고……. 모두에게 저마다의 사정이 있다고 생각한다. 제대로 알아보지 않고 비난하거나 마음의 벽을 쌓는 건 옳지 않다고. 작은 관심과 포용이 누군가의 인생을 바꿀 수도 있다. 사랑의 힘을 믿는다.

난 많은 사람들을 사랑하고 싶다.

가난한 기쁨으로…….

소박한 웃음으로…….

그냥 눈물이
났어요

🍒

아침에 눈을 떴을 때 약간 천장이 돌아가는 느낌이 들면서 어지러웠다. 그 순간 번쩍 스파크가 일면서 30년 전의 내가 보였다.

이불을 덮어쓰고 온몸을 바들바들 떠는 어린 소녀가 잠을 못 자고 울고 있었다. 내가 참 안쓰러워 보였다. 다음 날 해야 할 숙제를 하지 못해 선생님께 혼날 생각을 하니 불안과 공포가 밀려 온 것이다. 포스터를 그려 가야 하는 숙제였는데 주제가 잘 떠오르지 않아 온통 걱정뿐이었다. 그래서 엄마한테 나의 걱정을 얘기하고, 좀 도와 달라고 했다. 하지만 네 숙제는 네 숙제일 뿐이라며, 엄마는 청소에만 집중하셨다. 시간이 갈수록 괴로움이 커져가고 있었다. 당시 얼마나 애를 끓였는지 그 긴긴 새벽이 내 뇌리에 박혀 나를 괴롭히고 있었다. 병원에 가면 스트레스를 이겨내지 못해서 또는 신경을 너무 많이 쓰다 보면 이렇게 신경성으로 아프다는 것이다.

난 어릴 때 나의 스트레스가 지금까지도 고스란히 전해져 올 때 느낀다. '잘 되지 않아서 네가 걱정이 되겠구나.' 하고 누군가의 작은 격려와 위로가 있었더라면, 그리고 숙제라는 것은 할 수 있는 것까지 최선을 다해서 해야 하지만, 도저히 할 수 없다면 솔직하게 얘기하면 된다고 말해 주는 사람이 있었더라면, 내가 그토록 속을 끓이면서 괴로워하지 않아도 되었을 텐데…….

걱정으로 고개를 숙이고, 슬픈 눈을 하고 있어도 내게 관심을 두는 사람이 없었다. 누구도 내 마음에 관심이 없었다.

나는 말하고 싶다.

선생님과 부모님들은 한 아이를 키울 때, 늘 지켜보고 믿어주고 격려해주는 관심을 가지고 있어야 한다고.

관심이 많아서, 더 가르치고 싶어서, 먼저 앞서서 일러주고 할 수 있는 일조차도 '더 잘하라고 그러는 거야!' 하면서 간섭하는 것이 아니라, 믿어주며 기다릴 줄 아는 지혜가 있어야 한다고. 또한 무관심인 척하지만 늘 관심을 두고 곁눈질로 보면서, 그 아이의 든든한 병풍이 되어 서 있어야 한다고 생각한다. 어느 글에서처럼 '무관심한 아이가 더잘 자란다'는 말은 이런 의미가 아닐까 생각한다. 하지만 이 말은 오해하기가 쉽다. 말 그대로 무관심하면 아이는 슬퍼진다. 예전의 나처럼…….

가슴속에 커다란 강물이 흘러넘쳐 살짝만 건드려도 눈물로 흘러내린다. 그것은 소리가 된다.

울음이 된다.

그리고 거짓말이 된다.

"그냥 눈물이 났어요"라고.

우리텃밭

도저히 할 수 없다면 솔직하게 얘기하면 된다고
말해 주는 사람이 있었더라면,
내가 그토록 속을 끓이면서 괴로워하지 않아도 되었을 텐데…….

엄마가
아프다

어느 날 갑자기 내가 아프다는 사실을 알게 되었다.

병원에서는 아무 이상이 없다고 했지만 내 마음은 계속 아팠다. 이유
모를 아픔이 매일 계속되면서 두려움이 밀려오고, 한숨은 늘어만 갔다.
난 어디가 안 좋은지 알고 싶었다.

처음으로 정신과를 찾아갔을 때, 사람들이 너무 많아서 접수를 하고도
몇 시간을 기다려야 한다는 것에 놀랐다.

'이렇게 아픈 사람들이 많았구나.'

병원에 들어가서 접수를 하는데 기분이 좋지 않았다.

"어디가 안 좋으세요?"

"네, 가슴에 통증이 있고 숨이 잘 안 쉬어지는 것 같아요."

"거기 보이는 종이에 질문지 작성해 주시고 한두 시간 정도 대기 시간
이 있으니까 저기서 기다리세요. 다음 분!"

냉랭한 목소리에 아픔이 대수롭지 않게 내던져지는 기분이랄까. 조금만 더 따뜻하게 말해 주면 좋겠는데…….

긴 의자에 앉아 넋을 놓고 한두 시간을 멍하니 앉아 있어야 했다.

드디어 들어가서 의사 선생님을 만났을 땐 더 마음이 아파왔다. 왜냐하면 어디가 안 좋으냐는 물음에 이것저것 얘기를 솔직하게 털어놓고 싶었는데도 말하지 못했기 때문이다.

"가슴이 아파요. 누가 목을 조르는 듯하면서 숨이 막힐 때도 있어요."

의사 선생님은 컴퓨터만 응시하며 약을 처방해 줄테니 처방전을 받아 나가라고 했다. 단 5분도 안 되는 진료를 받기 위해 하루를 다 썼다니, 참 허무하고 가슴이 더 아파왔다.

아픔이 덜어지기는 커녕 아픔의 무게가 더 늘어서 그 방을 나왔다. 내 마음에 비가 내리기 시작했다.

'어떡하지? 아무것도 모르겠다. 어떤 병원을 가야 하지?'

다른 병원을 찾아갔더니 의사 선생님이 시계만 여러 차례 보며 눈치를 줬다. 말문이 막혔다.

난 가족회의를 통해 나의 증상을 얘기하고 가족들에게 털어놓았다.

내가 아프다고……. 이수의 눈에 눈물이 고였다.

난 뭐든 솔직하게 얘기하는 편이다. 그게 가장 빠른 길이라고 생각하기 때문이다. 아이들이 어리다고 해서 모른다고 생각하지 않는다. 우린 함께 살아가고 서로 도와주면서 살아가야 하니까.

다음 날 아침에 이수가 나에게 훨씬 더 밝게 인사를 하고, 우태는 나를 위해 이불을 개고, 막내 유담이는 이수와 함께 아침 식사 준비를 했다.

조금이나마 내게 쉬는 시간을 만들어 주려는 것이었다.

의사의 백 마디 말보다 아이들의 이런 공감이 나를 낫게 할 것이라고 확신한다. 지금도 난 아프다. 하지만 나을 수 있다는 믿음이 있다면 언제든 나을 수 있다고 생각하기로 했다. 이 아이들을 위해서라도.

나의
소원

"'네 소원이 무엇이냐'고 하느님이 물으시면 나는 서슴지 않고, '내 소원은 대한 독립이오' 하고 대답할 것이다. '그다음 소원은 무엇이냐' 하면 나는 또, '우리나라의 독립이오' 할 것이요, 또 '그다음 소원이 무엇이냐' 하는 셋째 번 물음에도 나는 더욱 소리 높여서, '나의 소원은 우리나라 대한의 완전한 자주 독립이오' 하고 대답할 것이다."

백범 김구 선생의 《백범 일지》 중 〈나의 소원〉이라는 글에 나오는, 누구나 한 번쯤은 들어 본 유명한 문구이다. 그러나 사람들은 그 뒤에 하신 말씀에는 큰 관심이 없는 듯하다.

"나는 우리나라가 세계에서 가장 아름다운 나라가 되기를 원한다. 가장 부강한 나라가 되기를 원하는 것은 아니다. 내가 남의 침략에 가슴이 아팠으니 내 나라가 남을 침략하는 것을 원치 아니한다. 우리의 부력富力은 우리의 생활을 풍족히

할 만하고 우리의 강력強力은 남의 침략을 막을 만하면 족하다. 오직 한없이 갖고 싶은 것은 높은 문화의 힘이다. 문화의 힘은 우리 자신을 행복하게 하고 나아가서 남에게 행복을 주겠기 때문이다.

지금 인류에게 부족한 것은 무력도 아니요, 경제력도 아니다. 자연 과학의 힘은 아무리 많아도 좋으나 인류 전체로 보면 현재의 자연 과학만 가지고도 편안히 살아가기에 넉넉하다. 인류가 현재에 불행한 근본 이유는 인의가 부족하고 자비가 부족하고 사랑이 부족한 때문이다. 이 마음만 발달이 되면 현재의 물질력으로 20억이 다 편안히 살아갈 수 있을 것이다. 인류의 이 정신을 배양하는 것은 오직 문화이다."

수십여 년의 세월 일제의 치하에서 갖은 고난을 겪어온 분의 생각이 어떻게 이렇게 올곧고 드높을 수 있을까? 오히려 그때에 비하면 더없이 풍족해지고 모자람 없이 살아가고 있는 우리 세대들은 어쩌다 이런 높은 이상과 꿈을 잊어버리고 물질만을 끊임없이 추구하는 세대가 되었을까?

아직 초등학교도 입학하지 않은 어린아이의 입에서 '건물주'가 되고 싶다는 말을 듣는 일이 비일비재하다. 엄마들이 모이면 아파트 이야기에 아빠들은 주식, 부동산 이야기를 하니, 이를 듣고 자라는 아이들이 이런 생각을 가지게 되는 것은 어쩌면 당연한 것일지도 모르겠다.

그렇지만 우리 아이가 다른 아이들을 누르고 올라서야만 살아남을 수 있는 그런 세상을 물려주고 싶은지 묻고 싶다. 내 아이만 이겨서 살아남는 세상이 과연 살기 좋은 세상일까? 조금 더 살기 좋은 세상을 아이들에게 만들어 주어야 하지 않을까?

나 또한 다른 부모들과 마찬가지로 우리 아이들이 행복하기를 바란다. 그렇지만 오늘 당장 행복하지 않은 아이들에게 과연 참고 견디면 내일은 행복해질 것이라고 말하는 게 최선일까? 경쟁에서 지면 도태될까 두려워서 하는 공부, 남들이 다 가니까 가는 대학, 내 꿈은 아니지만 잘릴 걱정 없기에 매달리는 공무원 시험에 몰리는 청년들이 가득한 이 사회가 살기 좋은 세상은 아닐 것 같다.

우리는 '돈'이라는 하나의 잣대로만 규정되는 사회를 벗어나야 하지 않을까?
우리의 아이들에게 다양한 가치관을 인정하며 돈 외에도 여러 가지 가치들이 있고 꿈을 꾸며 살아갈 수 있는 좋은 세상을 만들어 주고 싶다. 그저 소신껏 자신의 꿈을 좇아 열심히 노력하면 검소하게 살아가는 데 필요한 정도의 여유는 가질 수 있는 세상을 만들고 싶다. 가진 게 많은 사람이 대우받는 사회가 아니라 생각이 바른 사람이 존경받는 사회가, 돈을 많이 버는 사람보다 다른 이에게 더 많은 행복을 줄 수 있는 사람이 인정받을 수 있는 사회가 되었으면 좋겠다.

이런 세상을 만들기 위해서는 우리의 아이들에게 그런 모습을 보여주는 어른이 되어야 할 것이다. 그리고 그런 세상을 위해 우리에게 필요한 것은, 김구 선생님 말씀처럼 물질이 아니라 문화와 예술을 사랑하는 마음이 아닐까 한다. 우리는 아이들과 함께 더 많은 글을 읽고, 노래를 부르며, 춤을 추어야 할 것이다. 아이들이 무엇을 잘못할까 감시의 눈초리를 보낼 것이 아니라, 더 많이 안아주고 더 많이 이야기를 들어주어야 할 것이다.

오늘도 나는 아름다운 세상을 꿈꾸며 아이들과 함께 글을 쓰고 그림을 그린다.

놀 때도 함께, 정리도 즐겁게 함께 하기

물감만 있으면 벽이든 얼굴이든 도화지가 될 수 있다

우태가 스케치하고 이수가 채색한 '아빠와 나' 앞에서

이수와 함께 지붕에 올라가 이불을 뒤집어쓰고 일출을 기다리며

우리 엄마를 소개합니다

— 전이수

우리 엄마는요, 언제나 웃어줘요.

엄마는 어른이지만 우리와 다르지 않아요.

우리랑 같이 뛰어 놀고, 집 천장에 올라가서 칼싸움하고,

차 지붕에도 올라가고, 같이 어지르고, 상상하고, 이야기 지어내고,

낮잠도 자며, 슬프면 울고, 즐거우면 웃는 우리는 영원한 친구예요.

엄마는 우리보다 장난꾸러기이고, 어떨 때는 상상력이 우리보다 좋아요.

늘 새로운 이야기를 즉흥적으로 지어내서 웃게 해줘요.

"또 해줘. 또 해줘" 하면 귀찮아하지 않고 계속 해주는

엄마는 상상력 상자 같아요.

우리가 하자는 것들을 웬만하면 해주려고 노력해요.

가끔 단호한 면도 있지만 엄마의 마음은 부드럽다는 걸 알고 있어요.

그렇게 일부러 우리에게 단호하게 얘기해야만 할 때는 엄마의 마음을

잘 알기 때문에 귀를 기울일 수밖에 없어요.

그렇게 말하고 엄마는 나중에는 우리에게 와서 미안하다고 해요.

우리도 미안하다고 엄마에게 사과해요.

먼저 와서 사과해주는 엄마에게 정말로 미안해요.

우리는 싸우기도 하지만 서로를 보듬어 줘요.
어쩔 땐 제가 조금 힘든 일을 한다 해도 저의 힘으로 견뎌낼 수 있게
그냥 지켜봐 주었고, 어려움이 와도 제가 견뎌낼 수 있게 응원해줘요.
난 이런 어렵고 힘든 것들을 배우며
제가 조금씩 성장할 수 있었던 것 같아요.
제가 만들기를 하다가 모르는 벽에 부딪혀서
"이걸 어떻게 만들어야 할 지 모르겠어."라고 말하면,
"네가 알아내 봐. 내가 알려주면 혼자 할 수 없잖아. 나중에 이런 일과
부딪힐 때 엄마나 아빠가 없다면 너 혼자 풀어야 하잖아.
너도 그런 힘을 키워야 해."
난 그 말을 알아 듣지 못했어요.
그 말을 들을 때면 서운한 마음이 있었지만, 지나고 보니
엄마, 아빠가 도와주지 않은 게 지금은 정말 고마워요.

만들기 할 때도 이제는 물어보지 않아요.
제가 설계도를 그려서 엄마에게 어떤지를 묻게 되었고,
전 조금씩 새로운 아이디어를 내기 시작했어요.
엄마에게 이런 점이 정말 고마워요.
그리고 형제들끼리 가끔 싸운다 해도
모두 좋은 화해를 할 수 있게 도와줘요.
엄마는 제가 만났던 사람들 중에 가장 지혜로운 것 같아요.
언제나 엄마는 이렇게 우리가 일어설 수 있고,
평화로운 관계가 될 수 있게 도와주고 응원해줘요.
용기를 가지고 앞으로 나아갈 수 있게 도와줘요.
엄마는 제가 행복하기를 바란대요.
그래서 저는 나중에 무슨 일을 하게 될지는 모르겠지만,
저도 행복하고 다른 사람도 행복한 일을 하고 싶어요.
엄마를 사랑하고 이런 엄마를 생각하면, 가슴이 막 뜨거워져요.
우릴 언제나 웃게 해주고 응원해줘요.
서로 사랑하라고 말하기 전에 서로 사랑할 수 있도록 느끼게 해줘요.

엄마는 우리의 연결선이에요.
우리가 커서 엄마를 떠난다 해도 전 엄마의 행동과 말과 모습이

제 안에 그대로 스며들어 있다는 걸 느끼게 될 거예요.

언제나 엄마를 기억할 거예요.

사랑이 무엇인지, 배려가 무엇인지, 살아가는 모든 것을

가르쳐주는 엄마를 통해 내가 이렇게 자랐다고

나중에 나의 아이들에게 그대로 가르쳐 줄거예요.

고마워요. 사랑해요. 엄마.

'엄마'라는 이름은 '나'라는 생명을 빚어서 세상의 빛이 될 수 있게 만들어줘요.

어제도 오늘도 내일도 내가 힘을 낼 수 있는 원동력은

바로 바로 우리 엄마예요.

저 이수와 동생들을 길러줘서 고마워요.

사랑해요, 아주 아주 많이…….

촬영 내내 가슴을 울렸던 아이 전이수.

이수는 순수함과 멀어져버린 어른들에게 아름다운 별로 오라며 손짓
하는 어린 왕자같은 아이죠.

그런 이수의 곁에 사랑과 우주를 알려준 엄마가 있습니다.

이수의 엄마가 전하는 그 별의 기록. 그 곳엔 오늘 또 어떤 풍경들이
기다리고 있을까요?

벌써 그 가족 모두 보고 싶습니다.

_SBS 〈영재발굴단〉 문치영 PD